Rinaldo Segundo

Emoções
A GRANDEZA HUMANA

As histórias se passam em lugares tão fictícios quanto a imaginação do leitor. A parecença com a realidade é um mero acaso, fruto da pouca invenção do autor.

© Rinaldo Segundo, 2024
Todos os direitos desta edição reservados à Editora Labrador.

Coordenação editorial Pamela J. Oliveira
Assistência editorial Leticia Oliveira, Jaqueline Corrêa
Projeto gráfico Amanda Chagas
Diagramação Nalu Rosa
Preparação de texto Iracy Borges
Revisão Ligia Alves
Capa Haloisa D'Auria
Imagens de capa Freepik

Dados Internacionais de Catalogação na Publicação (CIP)
Jéssica de Oliveira Molinari - CRB-8/9852

Segundo, Rinaldo
   Emoções : a grandeza humana / Rinaldo Segundo.
São Paulo : Labrador, 2024.
144 p.

   ISBN 978-65-5625-548-4

   1. Literatura brasileira I. Título

24-0825   CDD B869

Índice para catálogo sistemático: 1ª reimpressão – 2024
1. Literatura brasileira

Labrador

Diretor-geral Daniel Pinsky
Rua Dr. José Elias, 520, sala 1
Alto da Lapa | 05083-030 | São Paulo | SP
contato@editoralabrador.com.br | (11) 3641-7446
editoralabrador.com.br

A reprodução de qualquer parte desta obra é ilegal e configura uma apropriação indevida dos direitos intelectuais e patrimoniais do autor. A editora não é responsável pelo conteúdo deste livro.
Esta é uma obra de ficção. Qualquer semelhança com nomes, pessoas, fatos ou situações da vida real será mera coincidência.

Para Rafinha, com amor nesta vida
e, se houver, nas outras.

CÉU

[PARTE I]

AZUL

SOLIDÃO

Do chão ao alto em segundos. Da vida solitária disfarçada em jogos de videogame ao prazer de voltar a existir.

***

— *Novidades?* — *perguntou meu pai, enquanto memórias preenchiam minha tarde de domingo à medida que eu os ouvia.*

***

O fim de um relacionamento, a morte de um parente e uma mudança de cidade: embora todos se sintam vulneráveis à solidão em algum momento, não é fácil explicá-la. Ela é intrigante também: por que aparece mesmo em uma multidão, algumas vezes em momentos completamente inesperados? Por que períodos solitários se incorporam à personalidade de alguns, tornando-se um hábito difícil de mudar? Por que ela é prazerosa para uns e destrutiva para outros? Era impossível me sentir solitário quando criança, especialmente aos sábados.

— É quase sábado, dia de, de, de...? — perguntava meu pai bem antes.

— Garapa e pastel! — eu respondia, sorrindo.

Pedíamos por vezes o impossível só para garantir o nosso programa sabático no tradicional Mercado Municipal:

— Quero ir à Disneylândia, pai! — eu disse certa vez.

— Ah, bora é comer pastel e tomar garapa — respondeu ele, desconversando.

Em outra ocasião, minha irmã Helena desejou uma piscina em casa. Ele respondeu retoricamente:

— E acabar com o nosso programa de sábado?

Havia um ritual nesse dia. Primeiro, o banho. Depois, vestir roupa de passeio. Eu usava camiseta, bermuda e sandália de couro. Helena, um vestidinho branco, amarelo-claro ou rosa. Antes de sair, minha mãe passava Neutrox para assentar nossos cabelos e Água de Rosas nas axilas. Apressada para descansar, um grito dela completava a liturgia:

— Tome seus filhos, homem!

O ponto de ônibus era a próxima etapa. Chegávamos lá de madrugada na minha cabecinha de criança, mas já eram oito da manhã. Para a minha irmã com sete anos, e para mim, um ano mais novo, aguardar o ônibus era uma espera interminável. Se é curiosa a percepção infantil sobre o tempo, é ainda mais impressionante em relação às coisas inanimadas, colossais na infância:

— Cadê ele? — perguntava, referindo-me ao ônibus.

— Carrão, carrão, cadê você? Vem logo — dizia Helena, também *conversando* com o coletivo.

— Quando a gente se distrai, ele chega — falava meu pai, apontando o ônibus que virava a esquina.

Ele então segurava as nossas mãos, recuando-nos meio corpo do meio-fio: à esquerda, Helena; à direita, eu. Ao soltar em seguida a minha mão, subia e descia a dele para chamar o coletivo, embora o motorista fosse nosso vizinho. Depois, me erguia para o primeiro degrau do ônibus:

— Sobe, guri.

Carregava depois Helena e nos orientava a tomar nossos lugares. Não pelo assento — ônibus não é lata de sardinha aos sábados —, ele queria nos ocupar até nos alcançar. O roteiro progredia. Helena escolhia a janela do lado direito, e eu, a do esquerdo, com nossos cabeções janela afora.

— Sentar juntos, revezar a janela: um na ida, outro na volta — organizava meu pai.

Então, minha irmã e eu representávamos uma concorrida *dramédia* infantil:

— Sai daí, eu vou na ida — dizia eu a Helena.

— Sai você, sentei primeiro. Vou na ida, pai — retrucava ela.

A contenda se resolvia no olhar dele, que escolhia quem tomaria primeiro o vento na testa. Assim que chegávamos, comíamos um pastel, inclusive para encenar outro clássico — tão repetido como o filme *A Lagoa Azul* na sessão da tarde, e estou falando do original com a atriz

Brooke Shields (minha paixão platônica, de meus amigos e de toda a geração dos anos oitenta). Embora a minha irmã sempre escolhesse frango com catupiry, e eu, carne com queijo, como políticos em debate eleitoral, precisávamos polemizar:

— Deixe experimentar o seu? — eu pedia.

— Só se eu experimentar o seu primeiro — respondia Helena.

— Calados — dizia meu pai, já impaciente.

Se a convivência cria o vínculo indissolúvel entre pais e filhos, ela apresenta também chatices. Criança, o pai marreta o filho; mas quando está velho o pai, o filho retribui. Como a matéria na física, as implicâncias só se modificam de emissor.

A ordem de silêncio ignorada, o diálogo avançava, não necessariamente nesta ordem:

— Vamos trocar? — ela dizia.

— Não, o meu é mais gostoso.

— Pai, eu quero o dele!

Acredito que a solidão é expectativa frustrada em um relacionamento (ou pela falta dele). Altamente subjetiva, não depende do tempo que passamos acompanhados ou sozinhos, mas da qualidade das relações. Graças à convivência frenética lá em casa, eu desconhecia a solidão.

* * *

— *Difícil saber* — respondeu Rita, minha mulher.

* * *

A solidão é imprevisível?

Casados há sete anos, Sidney e Silvana seriam nossos compadres. Éramos amigos de infância, e Silvana era irmã de Rita. Com outros amigos de infância, nos encontrávamos frequentemente quando adultos, embora Sidney preferisse conversas menores a encontros coletivos, onde não se fala. Ele descansava solitário aos domingos, e às vezes aos sábados, enquanto o grupo de amigos se reunia todos os dias de finais de semana. Já em aniversários, chegava no prólogo e saía no primeiro capítulo, logo após os parabéns:

— Adeus, insones — dizia ele, com o bolo na mão para se despedir.

Eu o via indefinido, outros o viam aborrecido, e todos o consideravam reservado. Sidney, introvertido e até socialmente inadequado, transmitia isolamento mesmo em reuniões familiares. Eu puxava assunto, mas ele refugava, travado. Inexistia conversa fluida. Era como se, na sua solidão, ele enxergasse as pessoas como uma ameaça, sempre esperando rejeição. Crítico, evitava interação. Apesar disso, uma grata memória infantil me conectava a ele.

Estudávamos a quinta série na mesma turma aos onze anos. A direção escolar organizava um passeio anualmente, próximo ao Dia das Crianças. Nós, os estudantes, podíamos escolher o local.

Naquele ano, passamos um dia no clube Iate, cuja piscina só conhecia de ouvir dizer. Eu me aventurava em furiosas braçadas na tentativa de aprender a nadar, de uma borda a outra, de lá para cá, mas cansei, engoli água e comecei a me afogar. Foi Sidney que, utilizando o seu braço como uma corda, me salvou do afogamento. Jamais o abandonaria desde a minha quase morte infantil.

Falta empatia aos solitários desde sempre. Numa pesquisa científica, macacos recém-nascidos, separados das mães no parto, apegavam-se às próprias fraldas em busca de carinho. Adultos depois, eram menos propensos a aconchegar as suas crias, e com outros macacos relacionavam-se restritamente. Sem apego aprendido, sem intimidade futura?

A criança assustada se torna um adulto desconfiado e medroso quando ausentes o cuidado e o achego? Apego é necessidade humana, acima de conquistas e prazeres, de dinheiro e poder.

Ganhei o apoio nos fracassos e o consolo nas perdas; já Sidney, jamais conheceu a ternura na infância. O seu pai era tão bravo que ele se assustava só em olhá-lo, e a sua mãe era falecida.

Almoçávamos na casa da sogra, Dona Lucimar, mãe de Rita, quando Sidney e Silvana completaram bodas de madeira. Para esquentar o sábado gelado, o cardápio era feijoada com catuni, carne seca e rabo de porco. Eu descascava as laranjas, enquanto Sidney picava festivo o cheiro-verde. Nunca o vira tão radiante.

— Que animação do Sidney! — comentei com Rita.

— Tomou umas a mais — sugeriu ela.

— Às dez e meia da manhã?

Meia hora depois, vibrou o WhatsApp de Silvana. Observei-a na área pequena interromper a sua tarefa, lavar as mãos e apalpar o celular vermelho, embaixo do encardido avental. Ela sorriu e, aproximando-se dela, Sidney direcionou o olhar para a telinha do telefone. Porém, sem ver, perguntou faceiro, com um jeitinho malandro de curiosidade:

— E aí?

Silvana tapou a boca dele, cochichando em seu ouvido. Ninguém ouviu. Imediatamente depois, ele jogou a cerveja para cima, ergueu os braços e gritou:

— Clara vem aí, Clara vem aí!

Como Sidney pulava, a sogra quase foi entornada no catuni. Brinquei que a feijoada seria *à la sogre*, e Dona Lucimar me ironizou com cara de deboche:

— Você gosta, hein?

Mas o dia era de Sidney, que desabrochou toda a sua humanidade bloqueada, abraçando-nos e gritando *serei pai, serei pai*. Já que a perfeição não é humana, relevei quando ele mencionou que compraria o *body* do Corinthians no dia seguinte.

Quando Clara nasceu, Sidney acompanhou o parto e filmou cada detalhe. Ele se inquietou porque ela demorara a chorar. O choro de Clarinha a seguir o iluminou. Alguns sorriem de forma natural, outros nunca sorrirão, finalmente há os Sidneys, que sorriem após um estalo de vida. O seu estalo fora Clarinha.

Tornamo-nos inseparáveis a partir daí, e até apadrinhei Clarinha. A paternidade o tirou da solidão, pois ele se obrigou a mudar por ela. Ele se divertia com a primeira e única filha, mimada com passeios de barco na baía de Siá Mariana e bolachas Bono de morango no lanche. Pai e filha faziam a festa, dia sim, o outro também. Aos quatro anos, ela passou a estudar à tarde, mas continuava a brincar como as crianças do já longínquo século XX, sem cronograma rígido, até cansar o vigor.

Desde sempre ela adorava palhaços, que tematizaram a sua festa de cinco anos. Ali, eu fora o *clown*, e Sidney, o palhaço. Como a graça é multifacetada, distingue-se o *clown*, mais teatral, do palhaço, mais circense. A origem das palavras também é diferente, e a palavra inglesa *clown* aponta a rusticidade do camponês, enquanto palhaço remete ao italiano *paglia* (palha), usada na roupa acolchoada do artista, protegido de usuais quedas.

Havia, também, os palhaços branco e augusto. Sempre disposto a trapacear o seu parceiro, o branco é o intelectual; o augusto é o eterno perdedor. Dominado pelo branco, o augusto triunfa só no final, na glória da humilde ingenuidade sobre a esperteza esnobe.

Palhaço ou *clown*, branco ou augusto, Sidney se contorcia para alegrá-la, incorporando os personagens. Clarinha ria sem parar, na pureza vencendo a malícia, na boa-fé derrotando a malandragem, na alegria prevalecendo à tristeza.

Um mês após ela completar cinco anos, o seu braço sangrou. Era madrugada de terça. Sidney supôs que ela se machucara dormindo e aplicou Rifocina no ferimento. Porém, com um novo sangramento na quarta, ela consultou e realizou exames. Estávamos juntos em outra feijoada quando o celular de Silvana vibrou. A mensagem de WhatsApp mudaria novamente a sua vida, agora sem cochicho:

— É leucemia! — gritou Silvana.

Diagnóstico rápido, sofrimento alongado. Criança enferma é sempre tempo injusto, vinte e um dias, então. Clara recusou batatinha frita, o seu prato favorito, no décimo oitavo dia. Ela rejeitou, ao virar de costas na cama, até as gargalhadas dos palhaços da alegria no dia vinte. Nunca acontecera antes, era sintomático.

Sidney, que aprendera a se alegrar, habitou o mais errado degredo no dia vinte e um. Raramente abandonava o seu isolamento autoimposto e quando o fazia, havia dor constante na sua face insulada. Ele se proibira alegria como autopunição por continuar a existir e Clarinha, não. Viver sem ela significava um apedrejamento diário; e ele sentia a infelicidade em pensamentos desesperadores. Ele adoeceu e desejou antecipar a própria *viagem* pela incalculável injustiça de perder um filho, pela memória perpétua de Clarinha, pela saudade dela. Sidney se encontrava mais uma vez exilado dentro de si. O riso tinha sido sepultado.

Porém, quando ele se sentou cabisbaixo ao meu lado naquela tarde, eu quis lhe dizer: *Cumpadre*, Clarinha está bem.

***

Não, agora é diferente — pensei.

***

Lembrei-me de Helena e nossas diferentes reações à dor meia hora antes. Quando o meu pai trocou de casa, Helena e eu sofremos, abalados como um boxeador que recebe um cruzado no queixo:

— Não quero nunca mais ver o papai — reagiu minha irmã à época.

— Será? — pensei, temendo o pior. Aí sim ele nos esqueceria para sempre.

— Não gosto mais dele. Engravidou a *outra* — disse Helena, disposta a peregrinar pelo infinito deserto mental do ressentimento.

Nas causas da solidão, as implicações dela. Helena se decepcionou com a escolha de nosso pai e o evitou, tamanho seu apego e dor. Mas não conseguiu evitar o choro, dia e noite. Sofrendo mais, ela perdeu o parceiro nas derrotas do Flamengo, o ajudante nas tarefas escolares, o *Sr. Tudo*. Já percebeu que pai privilegia filha?

O meu sofrimento menor tinha também outra explicação. Embora concordasse com Helena sobre a traição, eu depositava baixa expectativa em nosso pai. Vivenciei aos seis anos um episódio desconhecido por ela. Acompanhava-o uma tarde, quando ele encontrou a outra na casa dela, cheio de chamego. Estranhei e me perguntava se a minha mãe sabia, quando a intimidade se escrachou:

— Príncipe, tem cerveja e guaraná no freezer — disse a outra.

— Pego lá, princesa — falou ele.

Senti pela primeira vez o peso da masculinidade e calei medroso, apesar da raiva. A minha autodefesa psicológica foi o autoengano, ao conceber naturalidade naquela relação. Meu pai me recomendou boca fechada, argumentando que seria o nosso segredo. Helena, mais destemida, teria contado à mamãe.

A realidade amanheceu juntos príncipe e princesa um dia, como um rio nunca igual. Lá em casa, imperou a revolta, que, como tal, escalou o ressentimento.

— Não confio mais em homem algum — repetia a minha mãe.

— Nunca vou confiar — apoiava minha irmã, ainda mais radicalizada.

Escolhi emudecer como Brutus traindo (o pai) Júlio César. Ouvi calado, mas recebi diariamente uma sentença condenatória do tribunal da autoconsciência que julgava a minha criança de seis anos. Distanciado do dever de honestidade, senti-me como um irmão impostor de Helena e um filho farsante de minha mãe. A minha autopunição culpada queria fazer desaparecer a minha covardia.

Hoje, sei que minha revelação não evitaria dores.

Helena se recusou a encontrar papai na primeira sexta à noite de visita, exilada em seu padecimento legítimo. No almoço horas antes, ela me perguntara se eu iria:

— Vou ter que ir — respondi.

— Para não ficar chato?

— É.

— Eu não vou. Não quero conhecer aquela mulher.

Quando a noitinha chegou, minha mãe abriu a porta de nossa casa. Ela segurava a minha mochila, quando papai a cumprimentou. Vendo-me sozinho, perguntou por Helena:

— Passando mal — justificou ela.

Ele acreditou na primeira vez, tolerou na segunda e quis conversar com Helena na terceira. Batendo à porta do quarto dela, falou:

— Minha querida, é o papai. Vamos?

Houve silêncio do outro lado. Ele até puxou a maçaneta, mas a tranca do ressentimento ignorou. Ele amava Helena, que amava seu herói idealizado, que como quase todo herói se desfaz um dia. Sentindo-se traída, Helena devolvia o desprezo para ferir papai, que ironizava a ausência dela:

— Já sei. Está doente.

Embora se deseje reagir adequadamente às emoções, prevalece o analfabetismo emocional. Helena e meu pai se evitaram por cinco anos e, quando se encontravam, desviavam os olhares como se o outro não existisse. O constrangimento se exibia no ar.

Este parágrafo contém *spoiler*. O melhor faroeste de todos os tempos para mim é *Três homens em conflito*. Na longa cena final, os três personagens — o bom, o mau e o feio — se enfrentam em um duelo triplo. Há claramente um vencedor, um perdedor e um poupado na cena. Mas, diferentemente da ficção, não há um *loirinho vencedor* em faroeste familiar. No bangue-bangue de indiferença e desdém lá de casa, todos foram perdedores, todos *morreram* no final.

— Coisa mais jururu — dizia minha mãe, já casada novamente, tentando reaproximá-los anos depois.

Pior para Helena que, isolada, se deprimiu. Reprovou na escola e evitou namorar na adolescência. Sua obscura insociabilidade generalizou, estendida a todos. Seu afastamento a exilou em um imenso recesso de vida, abalando a sua saúde mental. Definitivamente, somos seres sociais carentes de solidariedade, amizade e amor.

Eu a vi desenhar um autorretrato a lápis uma noite. Deitada de frente para um rio, ela olhava um céu de tempestade, enquanto o vento balançava as flores lilases de um jacarandá. Havia doze heleninhas em miniatura, todas de mãos dadas ao redor dela. Ao notar a minha presença, ela tampou o desenho com as mãos. Perguntei-lhe o significado, mas ela chorou contidamente como resposta. Senti saudades da Heleninha que disputava comigo a janela do ônibus.

Em guerra de forças, o autoritarismo do pai, a revolta da irmã... Maior a opressão, maior a reação para retomar a liberdade perdida? Reatância psicológica é a insurgência à opressão: busquei a minha. No meio daquela guerra, por cansaço ou raiva, rebelei-me quando meu pai condicionou a ida ao meu aniversário de quinze anos à presença da princesa. Desmarquei a celebração inspirado em Helena, mas sem a sua autenticidade. Menti que preferia festar com os amigos de escola.

* * *

— Será? — perguntou Helena.

* * *

Ocorreram-me imagens musicais horas antes. Cantei *Don't Dream It's Over* e *Beautiful Day*, tão melancólicas, tão últimos goles! Um pulo depois e a mente caótica trouxe as façanhas de Clark Kent em *Smallville*, o jovem *Superman*. A saga juvenil de uma década espelhava poderes extraordinários do super-herói que, salvando o outro, salvava a si. Solitário, ele enfrentava dilemas morais para usar a sua força redentora no final.

A memória do *Superman* evocou jogadores de videogame, e eu me questionei sobre eles. Isolados em um quarto jogando com desconhecidos mundo afora, eles jogam para acalmar a solidão ou para se conectar a ela? Com todas as suas conexões — a maioria de baixíssima qualidade —, eles viviam o isolamento na Internet? Perguntei-me por fim se tais jogadores eram capazes de produzir mudanças reais, afinal são um bilhão deles derrotando monstros imaginários, afastados divertidamente das realidades bélicas.

A mente ainda ondulava a esmo. Embora me gerassem solidão no passado, os pensamentos me empolgavam naquela tarde, e eu tinha soluções generosas para imensos desafios humanos. Imaginei, por exemplo, poder redefinir o sistema tributário sobre o comércio internacional, decrescente sobre a renda das empresas internacionais nas últimas três décadas. A nova tributação financiaria educação, moradia e saúde universais para crianças e idosos, independentemente da sorte ou azar do local de nascimento. Uma proposta concreta, sem a abstração de ideais como a liberdade ou a igualdade, esses necessários valores humanos sequestrados pelas ideologias desde a Guerra Fria. Ilusão, eu sei, mas o paradoxo da ilusão não é virar realidade ao acontecer?

Foi só então que voltei a atenção à minha vida e me perguntei: hiperconectado virtualmente e solitário ao extremo, quem eu era no século XXI afetava as minhas relações? Percebi finalmente a minha própria solidão virtual. Eu mal conversava com meus filhos adolescentes, enquanto perdia noites em jogos on-line. Rita e eu não transávamos há meses, mas eu me exibia sensualmente no Instagram. E não os ouvia nos almoços de domingo, preocupado com mensagens de WhatsApp, tão relevantes quanto as minhas centenas de amizades virtuais com pessoas que eu nunca conheceria.

Prometi mudar, mas eu teria outra chance?

Voltei rapidamente a minha realidade dali. Desejei novamente superpoder de super-herói, não para voar junto ao sol como o *Superman*, ou para salvar o mundo como uma heroína em Fortnite. Por um segundo, eu queria a telepatia, para lhes dizer naquela tarde *estou em paz*.

* * *

Solitário agora? — eu me perguntei.

* * *

Meus pensamentos voltaram a vaguear quando me vi sozinho por um instante e refleti sobre a solidão de Rosângela, uma vizinha de minha mãe por mais de trinta anos. Conheci-a casada, quando ainda era guri. A sua vida social incluía aniversários das três filhas, reuniões escolares e almoço familiar dominical. Muitas festas a partir de quinta também.

Divorciada há cinco anos, desde o casamento da última filha, como ela conseguia viver tão só depois? Continuava a costurar de segunda a sábado, mas a sua interação social passou a ser unicamente as sessões no centro espírita duas vezes por semana. Como ela não morria de tédio? Sempre sozinha na vizinhança, passou a personificar a solidão para mim.

Mas, quando vi libertação onde antecipei tristeza, percebi a sua escolha: viver o isolamento social voluntário. Ela escolhia os seus horários, ouvia as suas músicas e dormia até tarde. Interagia pouco, é verdade, mas quando queria. Antes nunca vivera só, pois se casara cedo; isolada agora, se curtia.

Vivia uma relação virtual com Marivaldo, um convicto solteirão que, pressionado a se casar antes dos trinta, quando amigos e irmãos estavam se casando, desistiu do noivado antes. Nem casamento, nem filhos, ele escolhera as cachoeiras, a boemia e os amigos.

Uma noite, ouvi Rosângela conversando com a minha mãe sobre o seu relacionamento. Ela revelou estar feliz para a melhor amiga e até sorriu. Reconheci intimamente *ela nunca esteve tão bem*. A sua serenidade transmitia leveza, estava bem diferente da mulher tensa que eu conhecia.

Vi na saudável solidão de Rosângela a minha. Vivia a experiência mais impactante da minha vida, que, embora fosse involuntária, era incrivelmente fantástica. Angústias passadas pareciam bobagens agora, e eu surfava em êxtase.

* * *

— *Ele parece sorrir* — disse Sidney.
— *É, é um sorriso!* — vibrou minha esposa.

* * *

Minha solidão ali não pressupôs perda de intimidade e isolamento, com um ente querido falecido ou um amor vivendo distante. Nem falta de identificação com grupos ou pessoas. Ao contrário, eu me sentia pertencente e conectado.

Sei que duas partes dividem o nosso cérebro.

Ligado ao cálculo, à linguagem e à fala, o lado esquerdo resolve problemas, é mais racional, analisa o passado, imagina o futuro — e esquece quase sempre o presente. *Preciso comprar pão amanhã cedo*, *Eu não deveria ter dito aquilo na reunião da diretoria* e *O que as pessoas pensarão de mim?* exemplificam as minhas cutucadas para agir com lógica. Se compreendo objetivamente, a linguagem me confere o sentido.

Sei também que o lado direito é completamente diferente, envolve o cheiro, o gosto, o som e o abraço, representa as intuições e as imagens. É o aqui e o agora da amizade, da dor e do amor, os sentimentos e as sensações — de pessoas, coisas e lugares. É a consciência processando toda humanidade possível, individual ou coletiva. Era como eu me sentia ali.

Devo voltar no tempo para esclarecer. As doze horas precedentes foram terríveis, com dor de cabeça intensa, fraqueza muscular e tontura. Tentei, mas não consegui falar a palavra *casa*:

— Caaaaaacaaaaaa... — travei dizendo.

Tentei gritar *ajuda*. Falhei de novo. Confundi os números e as suas posições no aparelho celular. *O que faço agora?* — pensei, desnorteado. Caminhei em busca de ajuda, mas caí antes do portão; cada vez mais zonzo, fiquei estirado no chão. Se o corpo humano fosse um carro, o meu motor fundira.

Minutos depois, o meu lado esquerdo voltou a funcionar. Momentaneamente lúcido, liguei para o Samu e pedi socorro. Disse o meu endereço, mas o meu nome brecou.

Ouvi um *Pá*. Não um *Pá pum*, só um *Pá* mesmo.

Quase imediatamente a maravilha começou. Pensei enlouquecer com o primeiro mortal. O segundo foi para trás, seguido de dois mortais para a frente. Encerrei a minha série com um triplo twist carpado a quatro metros do chão. Perguntará o leitor atento na Parte 2: virou o tuiuiú Armando Pena?

Não, pois logo apareceu um túnel branco, todo iluminado. Despenquei lentamente, desassombrado e, nutrido por uma leveza nunca antes sentida, ri sozinho. Por existir, agradeci.

Olhei para baixo e me vi deitado em uma cama de hospital, rodeado por Helena e meu pai, Sidney e minha esposa. Médicos conversavam depois, enquanto preparavam bisturis e outros instrumentos cirúrgicos. Religado por um segundo, pensei em lhes dizer: *Vão me operar? Nunca estive melhor!*

Novamente desligado, voltei a piruetar sobre todos, como se pilotasse uma nave espacial e brincasse com asteroides amarelos, cinza, roxos e verdes, todos brilhantes. De repente, as estrelas eram pessoas, que me abraçavam, sorriam e piruetavam também. Perguntei-me se eu era um tipo de alento absorvendo biscoitos estelares. Até lubrifiquei energizado os meus poros. Livre de preocupações e inveja pela primeira vez, experimentei a sensação de férias das férias. Era incrível!

Expandido, a grandeza nutriu minha consciência humana universal. Eu estava repleto de bondade e amor, e queria ajudar o próximo. Ao mesmo tempo, queria intensamente viver, para comer pastel com meu pai e Helena, assistir *Smallville* com minha esposa e abraçar Sidney.

Calmo e feliz, sentia só o agradável, o sadio e o bom. Eu brincava na imensidão daquela vida quando notei um tranquilo lago. Com águas transparentes, ele continha a placa: banhe-se à vontade. Sem risco de afogamentos. Pessoas em roda orientavam quem atravessaria, quando alguém falou do outro lado do lago:

— É você, padrinho?

Que susto, que emoção! Era a Clara, já como uma adolescente. Entusiasmado para abraçá-la, pedi para ela me esperar. Eu nadaria para encontrá-la quando ela me advertiu dos riscos da travessia. Se atravessasse, não voltaria. Tudo tão surpreendente naquele mundo extraordinário, ela falou:

— Estou cheia de vida!

Acordei no quinto dia com a plenitude no meu coração. Na segunda chance de viver, eu não desperdiçaria a vida em solidão.

ALEGRIA

— Preste muita atenção — teria dito Meraldo.
— É você aí mesmo! — falou ele.

***

O terno azul-marinho combinava com a gravata listrada branca e azul, camisa branca e cabelo ao estilo John Travolta. Vestido assim, o jornalista aconselhou os candidatos a governador já na abertura do debate eleitoral:

— Respeitando as eleitoras e os eleitores que comparecerão às urnas no dia 2 de outubro, respeitando você, telespectador, telespectadora, nós abrimos o último debate do segundo turno. Desejamos a apresentação de propostas para melhorar a sua vida. Que os candidatos tragam discussões elevadas sobre o futuro do estado, sem ataques pessoais.

Imediatamente depois, ele apresentou uma pergunta comum aos candidatos:

— Pesquisa do Instituto Imaginarium revelou que quarenta e sete por cento da população considera a falta de atendimento ou o atendimento deficitário em saúde o principal problema do estado. Como mudar tal realidade?

Governador e candidato à reeleição, Zazílio respondeu primeiro. Se saúde deficiente é facilmente percebida pelo desconforto da dor, definir saúde eficiente exige mais. Ele acentuou a sua gestão sanitária: dois hospitais construídos, remédios adquiridos em dobro e a soltura de dois botos performáticos no rio local para alegrar os seus eleitores.

— Menos, candidato — advertiu Meraldo. Botos pertencem à bacia hidrográfica amazônica, que não incluía o rio estadual.

O opositor Romuel, que sorria debochado, falou em seguida. Premiado com a candidatura a governador agora, deputado de oposição sensacionalista antes, ele legislara inteiramente por *live*. Tornou-se uma sensação eleitoral. Em sua resposta, ele lembrou um incêndio em um hospital da capital, criticou a demora na fila de cirurgias ortopédicas e prometeu usar um alegado poder hipnótico sobre o mosquito *Aedes aegypti* para erradicar a dengue. Limites? Romuel desconhecia. Meraldo interveio bem acordado, ao ser apresentado a tal hipnose.

— Aí não, candidato. Superou o boto.

Observo que o jornalismo de guerra é o mais letal, enquanto o jornalismo policial é o mais decidido, abrigado em redoma de vidro, apresentado sob ar-condicionado. Correspondentes de guerra testemunham imensas tristezas. Não os enxergo alegres, embora os veja felizes. Já os apresentadores de programas policiais são completamente diferentes: transbordam euforia no ar, apesar da tristeza a sua volta.

Meraldo apresentava diariamente um programa assim. O jornalismo policial fascina pela natureza dos crimes. Por violar regras sociais, que nos mantêm vivos no final, crimes invadem a fronteira entre humanos e bichos e geram o maior sofrimento humano, a prisão (mais improvável, é verdade, a criminosos *black tie*).

Reportagens policiais afloram naturalmente emoções e instintos humanos, por isso são populares. Bem adaptado ao formato, o sucesso acarretou mais contundência, convicção e confiança para Meraldo que, berrando alto, exibia autoridade junto ao público e era o apresentador de televisão regional mais popular. Tinha legitimidade e carisma para interromper qualquer candidato.

O debate prosseguiu. A verdadeira peleja começou no segundo bloco, com perguntas livres entre os candidatos. Romuel golpeou primeiro ao ironizar:

— O senhor tentou comprar produtos de higiene em sex shop. Barramos essa insanidade como deputado. Qual fio dental o senhor prefere?

— O adversário indicou trinta pessoas para cargos de confiança no início de nossa gestão, inclusive o pai. Como não os nomeei, ele fez a oposição da baixaria — retrucou Zazílio.

— Mentira! Eleitor, governaremos com a população, sem indicações políticas para cargos técnicos. Nosso adversário loteou os cargos para deputados baba-ovos.

Em debate eleitoral é assim: perguntas livres, respostas convenientes. E, como no Tribunal do Júri, havia tréplica. Zazílio contra-atacou então:

— Eleitor, isso é fake news. Agora, é verdadeiro o gasto do adversário com verbas indenizatórias, tão criticadas por ele. Foram quatro milhões em quatro anos.

Meraldo desejava fervura para impulsionar a audiência, mas não toleraria xingamentos. A sua autoridade, tão dedicadamente cultivada, jamais seria desafiada:

— Você é ladrão que esconde o dinheiro na cueca — acusou Romuel.

— Desequilibrado — retrucou imediatamente Zazílio.

O verdadeiro dono da bola, Meraldo interveio orgulhoso e ameaçou cortar os microfones dos candidatos. Era ele no papel de urso-polar faminto trombando com um caçador desarmado em um iceberg.

O armistício durou quatro minutos, o tempo do intervalo comercial. Ao retornar, Zazílio formulou uma pergunta e inovou o vocativo:

— Maluco, nossa gestão melhorou significativamente a educação pública. Saltamos da vigésima posição para a oitava no IDEB. Como melhorar ainda mais a educação em nosso estado?

— Quero dizer ao Ali Babá que sou professor. De educação, entendo — iniciou Romuel a sua resposta, devolvendo a gentileza.

Em um segundo, Meraldo passou de mediador de debate para apresentador de programa policial e esmurrou a mesa. Zazílio e Romuel se assustaram, encolhendo-se ao mesmo tempo:

— Aí não, quem fala alto aqui sou eu — impôs-se o jornalista, com a testa franzida; estava revoltado por fora, mas satisfeito por dentro. Na metáfora anterior, ele era o urso que sorria para o caçador, e perguntava: quem é o *ursão* agora?

Exige-se figurino formal com terno e gravata, terno e camisa ou gravata e camisa na fórmula de apresentador de programa policial bem-sucedido. O vestuário legitima a autoridade, enquanto o cabelo e a barba aparados se alinham à lei e à ordem. Contam também voz dramática e graça popularesca, atrativa ao máximo de telespectadores. E, como pegada pessoal cativa, Meraldo explorava ao máximo um trejeito seu com a cabeça, movimentada involuntariamente à esquerda quando enervado. O desarranjo era a sua marca registrada, exibida na abertura do programa com autodeboche:

Com a matéria especial de hoje, vai dar tique nervoso. Fique aí, telespectador, avisava ele, meio contorcido, meio preocupado, sempre teatral.

Meraldo se tornara um comunicador peculiar, com os seus bordões engraçados cheios de clichês. Próprios, sempre. Se a advocacia criminal não tolera covardes, o jornalismo policial premia a autenticidade. Em matérias com encarcerados algemados, ele franzia a testa, enrugava o nariz, abria e fechava impacientemente a boca. Berrava no final:

— Cabeça, Cabeça, eu fico looouuuco.

Cabeça era o cinegrafista. E como Carlos Alberto de Nóbrega no programa humorístico *A Praça é Nossa,* e o personagem Dedé em *Os Trapalhões,* era a escada para a piada do Didi Mocó do jornalismo local.

O mel era a morte de criminoso. Clemência? Desconhecia-se. Meraldo gargalhava primeiro com um cassetete de borracha de um metro na mão, e compenetrado depois, dizia energicamente:

— Apavora, apavora... Apavora, pauleira, que eu gosto.

Em close cinematográfico, repetia sacanamente com olhinhos virados a parte final do bordão modificado *eu gostio muito*. Uma pancada na mesa concluía a cena para o delírio dos telespectadores. Embora objetiva (objetos coloridos são bons exemplos), a alegria também é subjetiva. O que alegra a uns, não alegra a outros. Mas, com farta audiência, Meraldo era uma unanimidade.

O debate ferveu no terceiro bloco. O opositor perguntou ao governador sobre o paradoxo da distribuição gratuita de celulares analógicos aos eleitores, em uma época tão digital. Emparedado, Zazílio subiu o tom:

— João, capítulo oito, versículo quarenta e quatro: o Diabo é o pai da mentira, e você é o filho, candidato! O senhor deturpa os feitos de nossa administração. Foi discutida, mas jamais aprovada a entrega de celular analógico. Cada votante ganhará, sim, um iPhone de última geração. Fale a verdade um pouco, o celular é *apél*.

— Carreirista! Nunca trabalhou. Observem o desespero dele, mancebo do pecado, amante da mentira — devolveu Romuel.

— Pau-mandado da oposição!
— Palhaço!
— Diabo!

A valentia em palavras prosseguiu. Era hora de o urso papar o caçador e explodir a alegria contida. Meraldo interrompeu os microfones dos candidatos, que continuaram em *off* os enaltecimentos. Depois, piscou para Cabeça, que decifrou a mensagem. Era hora do close no jornalista, que riu matreiramente, caceteou a mesa e revelou um pouco de seu DNA:

— Acabou essa #@*#@*. Apavora, apavora... Apavora que eu gostio.

Os candidatos atônitos arregalaram os olhos, enquanto a audiência explodiu eufórica, como se Meraldo vencesse a eleição.

***

O seu ardor, alegre ou triste, vinha da infância. O que é a tristeza senão o avesso da alegria? Evita-se desesperadamente a primeira, mas haveria uma sem a outra? Com um robusto peitoral escorado em uma saliente barriga de chope, Meraldo era generosamente distribuído em um metro e noventa e dois centímetros de altura. Bem diferente do garotinho franzino aos onze, que testemunhara uma tragédia familiar.

Era um domingo, onze da manhã. O pai de Meraldo, Dodô, dirigia o seu sonho recém-adquirido, um fusca Sedan 1500 amarelo-claro. Com motor potente de Kombi, rodas de quatro furos de TL e calotas de Variant, o Fuscão tinha suspensão dianteira vigorosa, freio a disco, mas um porém:

— Frente muito alta, cuidado na curva — notou Dodô.

Contava com lanternas arredondadas canoa e acabamento interno esmerado em bancos anatômicos finos, arrepiava em belezura.

Negro e corcunda, Dodô também era grandão, com quase dois metros e ombros largos. Embora tais características lhe conferissem simpatia, ele vivia carrancudo. O samba era a sua única diversão.

Naquele dia, Meraldo o acompanhava no banco do passageiro. Eles almoçariam na casa da avó paterna, e como domingo era dia de festa, Dodô ouvia no rádio toca-fitas *Falador Passa Mal*. Estava contente, cantando e repetindo os versos.

Porém, havia um semáforo que mudou a sua vida em uma reta inclinada.

O sinal amarelou, e Dodô freou cautelosamente. Atrás, vinha o carro dos anos setenta: um Puma GTB vermelho dirigido por Maninho, playboy de vinte anos, filho de gente endinheirada. Ele acertou o Fuscão ao não conseguir frear.

Maninho já desceu da máquina como um candidato em debate eleitoral:

— Oh, Zé, que #@*#@* você fez? — cobrou, exasperado.

— Como é que é? — indignou-se Dodô.

— Amarelo não é vermelho, idiota! — berrou furioso Maninho, para apontar o dedo indicador no rosto de Dodô.

— Idiota é...! — devolveu Dodô, para retribuir o dedo na face de Maninho.

Dodô exigia o conserto do Fuscão, enquanto Maninho se exonerava pela brusca freada. Logo, a ignorância escalou e Maninho voltou ao Puma para fugir em visível desvantagem física. Mais ligeiro, Dodô retirou as chaves da Ferrari tropical:

— Vai me pagar, safado — exigiu exaltado Dodô.

Meraldo assistia à confusão assustado. Queria chorar, mas o homem dos anos setenta jamais cometeria tal pecado. Temendo o pior, tentou confundir Dodô com um subterfúgio para acabar com aquela discussão:

— Estou com fome, vamos embora!

— Sou homem, rapaz! Esse falador vai me pagar — berrou raivoso Dodô, sentado no capô do carro de Maninho.

Desconhecendo o significado de rejeição, Maninho se alimentou com zanga, e como senso zangado alimenta mais cólera, desejou ultimar Dodô. Em um orelhão — essa relíquia alienígena para os nascidos no metaverso —, telefonou para Raposão, o seu faz-tudo, e ordenou:

— Traga junto o berro do seu pai.

O berro brilhava mais pela empunhadura do cabo que pelo brilho do cano, em um caso de acessório se destacando ao principal. A Smith

& Wesson, com par de alças de marfim, se ajustava confortavelmente à mão devido às ranhuras para os dedos.

Raposão conduziu freneticamente o Opala preto do pai com o rugido na cintura, e quando chegou encarou Meraldo e Dodô, que voltara ao Fusca.

Maninho então se aproximou e perguntou, inquieto:

— Qual é?

— Quem é?

— Trouxe? É aquele ali — Maninho apontou Dodô, enquanto Raposão ergueu a camiseta para mostrar a arma chique: — Passe aí, filhão — ordenou Maninho.

Dodô acompanhava displicentemente a movimentação. Ele subestimou o poder humano destruidor, mesmo quando Meraldo implorou:

— Pai, vamos! Chegou outro.

O Fuscão era preciso para Dodô, a sua colher de pedreiro como representante comercial. Quando Raposão chegou, ele até considerou a segurança do filho, querendo desistir, mas nervoso, mudou de ideia novamente ao confundir partida com fragilidade:

— Filho, bicho homem não vive assustado!

Meraldo olhou para a janela lateral do passageiro, envergonhado. Sua apreensão era cada vez mais chorosa. Contido, um quase choro é pior do que o choro, pois o quase choro angustia, enquanto o choro acalma.

Maninho destemeu Dodô e caminhou até ele, corajoso com o berro na cintura. Próximo à janela do motorista do Fuscão, indagou em nervoso ultimato:

— E aí, velho, vai devolver a chave ou não?

— Só após o pagamento — respondeu Dodô, movimentando-se para abrir a porta do carro e enfrentar o repentino valente.

— Então, toma, Zé! — gritou Maninho, alvoroçado, para puxar rapidamente o revólver da cintura e atirar seis vezes em Dodô. O vermelho do sangue ofuscou o cano da arma.

A brutalidade no sentido mais cru, Dodô desapareceu instantaneamente. Meraldo gravou a cena do pai, que em seu último ato heroico abraçou a sua cabeça, protegendo-a.

Maninho se formou em Direito anos depois e virou advogado. Sem clima favorável, mudou para Miami e viveu do gado familiar. Recorreu em liberdade mesmo condenado. Anos além, o processo criminal completou dezesseis anos e o crime prescreveu por tecnicalidades. Prescrição, a mudança para continuar igual?

Despejado em um caixão branco com alças prateadas e lisas, rodeado por vincas brancas e cravos amarelos, Dodô foi mártir ao salvar Meraldo. O filho abandonou o quase choro agarrado à rosa-vermelha — um símbolo, uma bengala, um escudo, do início ao fim do funeral. Alguém já disse que *A euforia da tristeza é o desespero*?

Porém, meio que para homenagear o partidário, meio que para abafar o sofrimento profundo, Meraldo quis orgulhar o pai na despedida. Ele se forçou a lembrar rodas de samba, o espaço mais democrático da Terra, que se expande infinitamente como o universo para abrigar novos entrantes.

É que outro personagem surgia com a sisudez desfeita ali. Divertido, Dodô vestia uma blusa em fundo branco, com estampas vivas em amarelo, verde e azul, e até coreografava uma dancinha. Ele abria as pernas, adiantando-as sobre o tronco do corpo, encurvado como uma concha. Então, erguia o braço direito, deslizando a mão esquerda pela mão direita, que passava pelo braço direito e descia até a perna, dos dois lados. Um pulinho para a frente com as duas pernas contraídas arrematava o show. Era deslumbrante, com seus dentes brancos exibindo a exaltação da alegria, a euforia.

O branco do féretro desaparecia na tumba do abatimento, quando Meraldo se imaginou momentaneamente no colo de Dodô. Em um domingo qualquer, eles cantavam os seus sambas. O filho interrompeu o choro ao imaginar o pai alegre e sorriu por um quase instante. Era a alegria percebida na tristeza.

***

A tragédia formatou Meraldo para o jornalismo policial, esse ofício que testemunha injustiças e escanteia o medo. Sem isso, não se faz implacável?!

Ele fez fama abordando impetuosamente poderosos em entrevistas com um microfone na mão, especialmente gestores públicos, empresários e políticos. A marra na entrevista, a entrevista na marra, ele preferia matérias de rua, com comunicação informal e visual jovial.

Em uma reportagem, Meraldo apresentou o outro lado do recém-eleito deputado federal Sebastião Admair, o Tião Virador. Ele explodira a urna na última eleição com um discurso pró-moralidade.

Virador, um tipo popular, gravava vídeos eleitorais embaixo de um volumoso abacateiro no próprio quintal. Ele vestia ali uma camisa xadrez de botão aberta até o peito e bermuda bege encardida, calçava sandálias de couro. Era um jeito de mostrar um visual franciscano. Ele dormia, aparentemente, com a cabeça caída no ombro. Porém, passados três segundos, abria o olho esquerdo, piscando-o como para zombetear. O personagem então se levantava, enrijecia a coluna e arregalava os olhos:

— Eleitor, eles querem você dormindo. Lá em Brasília, terei olho aberto até para dormir — prometia.

Era uma encenação esperta. O novo herói estadual viralizou, e foi previsivelmente o campeão de votos da eleição.

Há dueto quando dois intérpretes se encontram na música. Fora das artes, a dupla Meraldo e Virador potencializava visualizações. Dinheiro e fama idem, já que polêmicas no universo virtual monetizam. O jornalista também almejava as dádivas da *lacração*.

Meraldo iniciou a reportagem no interior de um carro em movimento, sentado no banco da frente. Ele virava o seu corpo para a câmera em total devoção, pois Cabeça filmava do banco traseiro. A matéria parecia ao vivo, mesmo sendo gravada, fosse pelo diálogo do jornalista com o telespectador, fosse pela sua contundência:

— A denúncia envolve Tião Virador, funcionário de carreira da secretaria de obras da capital e sensação da última eleição para deputado federal. A informação, telespectador, aponta que o deputado eleito bate o ponto na repartição sem trabalhar, desde antes da eleição. Hoje é dia 7 de novembro, são sete e meia da manhã. Provavelmente, ele baterá o ponto às oito. Estamos chegando na secretaria de obras, local de trabalho do deputado. Verdade? Bora juntos, você e eu, verificar a denúncia. Sem medo!

Meraldo, Cabeça e o motorista permaneceram no carro de reportagem, a cinquenta metros da secretaria, embaixo de uma árvore de sete copas. Tião estacionou a sua Hilux nas proximidades às sete e cinquenta e seis da manhã. Vestia calça jeans e camisa polo Lacoste violeta e carregava uma mochila de nylon laranja fluorescente nas costas. Fazia então um estilo garotão com mocassim *dockside* cinza.

O político caminhou até a repartição pública e bateu o ponto às sete e cinquenta e nove. Às oito e um, foi filmado enchendo uma xícara de café por uma janela de vidro. Ele apareceu na varanda do prédio às oito e três, quando conversava animadamente com os seus colegas. Deixou o prédio logo após para dirigir por vinte minutos e chegar à sede da associação de moradores de Paraíso Novo.

Seguindo-o no trajeto, Meraldo já imaginou a edição dramática das cenas, como em um filme, enquanto Cabeça filmou até o chiclete cuspido por Virador na rua.

Será que o *fela da égua* do Cabeça filmou o cuspe? A música de suspense deve impactar, pensou Meraldo, que concebia a repercussão da matéria após uma edição cuidadosa.

Tião Virador permaneceu na associação de Paraíso Novo por duas horas, e às dez e trinta e um deixou o prédio para alcançar um caminhão estacionado nas proximidades. Dentro do baú, um adolescente barbeado retirava as cestas básicas do fundo, para empilhá-las na borda, onde o político as entregava aos moradores em fila. Era hora do flagrante.

Meraldo saltou do carro com o microfone na mão, determinado como um concurseiro, rápido como um cavalo de corrida:

— Foque a imagem, Cabeça, foque a imagem! — orientou.

E, ao se aproximar de Virador, apontou a fachada da entidade comunitária. Depois, questionou:

— Hoje é quarta-feira. O senhor não deveria estar trabalhando? Como é o trabalho do senhor?

— Pois é, sou fiscal de construções na secretaria de obras. Há vinte e sete anos — respondeu Virador, que reconheceu imediatamente o jornalista.

— O senhor cumpre expediente lá? Quarenta horas? Qual horário?

O deputado farejou complicação, e devolveu ao caminhão a cesta básica que carregava. Ficou em silêncio.

Agigantando-se, Meraldo perguntou se o maná era promessa de campanha, mas Virador negou. A distribuição seria feita pela associação. Daí, o presidente da entidade comunitária agiu como um irmão mais velho: ele puxou rapidamente o microfone para si e afirmou subsidiar as cestas, vendidas a preço de custo. Tião seria um mero ilustre convidado. Meraldo, sagaz, redirecionou o microfone para Virador:

— Não vi ninguém pagar — contestou o jornalista, que aumentava a sua satisfação conforme encurralava Virador.

— É assunto do presidente da associação — embromou o deputado eleito, despedindo-se do presidente da entidade para se esquivar do jornalista.

— Deputado, por que o senhor está aqui em horário de trabalho? Quais fiscalizações o senhor fez nos últimos trinta dias? — devolveu o jornalista, prevendo a fuga.

— Notificações para regularizar o passeio — respondeu sufocado Virador, que buscava visualmente a sua caminhonete.

Meraldo quis saber quais eram os estabelecimentos, mas o político alegou esquecimento. O jornalista insistiu um pouco mais, queria cópias das notificações, mas o deputado justificou extravio.

— Tá, mas o senhor chegou que horas aqui?

— Tem quinze minutos! — respondeu Tião, já sentado em seu veículo.

No apuro do outro, o contentamento próprio. Como era hora de o urso papar o caçador, Meraldo cresceu indignado, quase bravio, já que convicção é autoridade. Ele apontou a fachada da associação de moradores para falar com contundência:

— Deputado, é mentira! Nós chegamos às oito e vinte, junto contigo. Agora são dez e quarenta, o senhor está lá há duas horas!

Virador arrancou com a caminhonete sem responder.

A alegria tem níveis. Mora na base a simples satisfação. No topo, reside o prazer intenso, que era o de Meraldo, abandonado no meio da rua. Aquela era a sua guerra, e ele era o grande vencedor. Bastante satisfeito, olhou para o cinegrafista e tocou-lhe a careca. Depois, provocou orgulhoso:

— Cabeça, coloque um pôster meu no seu quarto!

A alegria recompensa.

Também contente, Cabeça abaixou a face, balançou a testa e movimentou a cabeça de forma repetida para a esquerda e a direita, expressando resignação com a vergonha alheia. Eram as provocações do estranho afeto masculino, que bolinando outro macho se compreendia em deleite.

Pernas estendidas, costas reclinadas e mãos livres. Meraldo era um passageiro em fim de férias na volta à emissora, apreciando os pormenores da cidade. Em uma rotatória de um viaduto, ele viu um painel do inigualável Benedito Nunes, retratando coloridamente o cerrado. Imaginou daí o artista nascendo francês.

Seria um Van Gogh parisiense — pensou.

Mas jornalista não afrouxa nunca. É o feeling, essa mistura de sentimentos e percepções que belisca o comunicador, ampliando o seu horizonte com visão de raio X para identificar acontecimentos, pessoas e fatos em reportagens bem-sucedidas. Entrelaçada à obra de arte no fim da rotatória, Meraldo viu um velho sentado no chão e, ao seu lado, um cão encoleirado. Entre os dois, havia um marmitex.

— O que é aquilo? — perguntou Meraldo, que logo depois gritou: — Cabeeeça, você viu?

— Oi, oi, o que foi? — balbuciou Cabeça, que cochilara no banco de trás.

— Encoste, encoste. É hora de dormir, Cabeça? Ali, ali — ordenou Meraldo, ofegante e bravio para apontar com a mão direita a cena.

Meraldo orientou imagens da própria caminhonete, pois desejava espontaneidade. Vidrado na gravação, Cabeça filmou o velho alimentando o cão com um pedaço de carne no mesmo garfo. Na impressionante cena de comunhão, a cada garfada do homem, era outra do cão.

— Está com zoom, não é, Cabeção? — perguntou afoito o jornalista.

— Claro — respondeu obediente o cinegrafista.

— Cabeça, se essa filmagem falhar, você vai almoçar a sobra do marmitex do velho para o resto da sua vida — advertiu Meraldo.

O que seria desse Cabeça sem mim? — matutou o jornalista, ao olhar condescendentemente o amigo que exibia satisfação.

O jornalista era credor eterno do cinegrafista. Meraldo carregara o primo no ginásio, passando-lhe cola, e custeara o curso de cinegrafista de Cabeça. Os juros compostos do coração meraldiano jamais esqueceriam tais favores.

O velho acariciava então a cabeça do cão com a mão esquerda. Lambido, o morador de rua sorriu e bateu as mãos levemente no estômago para expressar saciedade.

— Foca a risada sem dentes do velho, Cabeça — escarneceu Meraldo para se perguntar, intrigado: Esse velho está rindo de quê?

Imagens guardadas, era hora de ouvir o velho. Meio arredio, meio curioso, Meraldo caminhou até ele, Cabeça atrás. O cão alerta latiu ao vê-los, o velho o abraçou, e o rabo do vira-latinha abanou. Meraldo em seguida mostrou a filmagem; o velho surpreso sorriu. O jornalista, intrigado, indagava a razão do contentamento ante tanta degradação, quando o velho revelou apreciar comida boa e amor verdadeiro.

A serena desgraça alheia encantou o jornalista, que replicou diretamente ao telespectador com voz embargada, mas satisfeita:

— Que espetáculo! Que cena linda!

Meraldo então relaxou. Abriu os dois primeiros botões da camisa com araras, estampadas em vermelho, amarelo, verde, azul, laranja e verde-limão. Depois, bateu três vezes no peito com a mão direita, olhou para o velho e procurou a câmera:

— Foque a imagem, meu *Cabecinha de Bagre*. Hoje, hoje, eu disse hoje, o velho janta comigo na melhor churrascaria da cidade. O cão também.

Tião Virador? Nada. A amizade entre velho e cão correu o mundo quando viralizou. Era a alegria na desgraça alheia. Em sua versão mal-acabada de jornalista de guerra, Meraldo alcançou a desejada imortalidade pela fama virtual.

***

A glória nunca é para sempre, porém. O entupimento em oitenta e cinco por cento de uma artéria — esses vasinhos que levam o oxigênio do coração às células — aproximou Meraldo da morte. Às pressas e aos trinta e nove anos, ele foi levado ao centro cirúrgico onde as suas últimas palavras ouvidas foram:

— Quatro ou cinco pelo menos.

Os numerais se referiam às pequenas molinhas metálicas que desobstruem as artérias coronarianas comprometidas, os stents.

Preocupação nunca é fonte de prazer. Quando ele acordou, meio sonolento, na Unidade de Terapia Intensiva após a cirurgia, Amanda, a sua esposa, lhe falou, aliviada:

— Você está na UTI, mas vivo. Terá que mudar o estilo de vida com urgência.

— Na UTI? Não estou sabendo. Mudar o estilo de vida que nos sustenta? — aloprou logo de cara Meraldo.

— Foi a médica quem falou.

— É hora para isso, Amanda? Larga, até na UTI é paulada.

Se a felicidade é um estado positivo medido ao longo do tempo, a alegria faz gargalhar em um instante. Mas, procurando-se tanto a felicidade, esquece-se a alegria? Impressiona como Meraldo deixava de se alegrar tão rapidamente ou nem curtia a alegria.

Longe da normalidade truculenta, as duas horas antes da cirurgia foram bem diferentes. Meraldo aguardava, deitado na sala de apoio do hospital, onde havia quatro leitos separados por biombos, duas cadeiras para exames e cadeiras de acompanhantes. Amanda estava sentada ao seu lado, mas nem ela nem as luzes potentes do local diminuíram a apreensão deles:

— E aí, como será que vai ser? — perguntou insosso, tentando disfarçar o próprio temor. Mais tenso que ele, só mandante de homicídio combinando a versão com pistoleiro após o crime.

— A enfermeira ainda não veio — respondeu, impacientemente, ela.

Ela caminhou depois três metros ao bebedouro, onde não bebeu água. Com carnicentos pensamentos ruins, era só fuga passageira. *Ele sobreviverá? Nos afastamos, mas ainda o amo.* Derramou depois as gotinhas de água no cesto de lixo, e como um fiel agarrado ao terço em reza, amassou o copo em suas mãos. Ele viu o próprio desassossego nela, e lembrou o pai que partira sem um último adeus.

— Vem cá, meu bem! — pediu ele.

Amanda apontou o garrafão de água, mas ele recusou. Com os incertos stents, quem saberia o desfecho horas depois?

— Não, quero você perto de mim — respondeu ele, amorosinho.

Ela caminhou até ele, que se derreteu:

— Saudades de você, meu amor!

— Vamos vencer! — retribuiu ela, sem recordar o último *meu amor* dele.

A morte próxima promove a comunhão, e o infarto os reconciliou antes da cirurgia. Estavam antes separados há meses, vivendo na mesma casa. Cultivavam o abuso moral desde o namoro, quando a forte atração sexual subestimou a falta de diálogo. Casados depois, nada mudou.

A maior discórdia aconteceu seis meses antes da cirurgia, sem mal-estar de escrúpulos. Era sábado de madrugada, eles voltavam de um show de Marília Mendonça. Dirigindo o SUV, Amanda repetiu o pecado de Maninho ao colidir na traseira. Igualmente também, sem danos corporais, graças a São Martinho, o padroeiro dos ébrios, e ao motoqueiro, que ao cair apoiou-se nas mãos. Ela desceu do carro exaltada, enquadrando o entregador do iFood:

— Bandido, você parou no amarelo!

O motoqueiro alegou culpa exclusiva dela, que, inconformada, ordenou a retirada da motocicleta, ainda engolida pelo para-choque do SUV. Recusando-se a pagar os prejuízos do trabalhador, ela apontou o dedo na face dele e aludiu pertencer à famosa organização criminosa:

— Aqui é Comando, aqui é Comando!

A intimidação custou muito, quando Meraldo esqueceu a própria história. Agitado, ele empurrou o entregador com uma mão e afastou Amanda com a outra. Após, usou os seus pulmões de comunicador para gritar:

— Não apavora, rapaz, não apavora.

Um passante filmou a cena e compartilhou as imagens. O vídeo viralizou. Com a repercussão negativa, o imaculado Meraldo experimentou outra fama, que o chamuscou como apresentador justiceiro. Fora da televisão e abatido, culpou Amanda.

Agora, após os milagrosos stents que salvaram a vida dele, a tensão marital retornou e Amanda se insurgiu, irritada:

— Larga?

— Se é para encher, pode ir — falou ele.

— Morra aí sozinho então, rapaz! — disse ela, para abandonar a visita à UTI.

Morra?

Ele substituiu imediatamente o alívio trazido pela cirurgia bem-sucedida por preocupação. *A partida dela sinalizava um presságio ruim?*

Logo acreditou ter chegado a sua hora e, para evitá-la, inspirou-se no filme O *Sétimo Selo* (a menos que tenha assistido ou não pretenda assistir ao filme, continue lendo este parágrafo. Caso contrário, é melhor pular para evitar o *spoiler*). Na história, um cavaleiro regressa das Cruzadas e encontra a morte em pessoa. Como ela quer levá-lo, ele propõe um jogo de xadrez entre eles, querendo ludibriá-la. Almeja vencê-la ao ganhar tempo, mas descobre ser impossível derrotá-la no final (a morte é como a curiosidade, inevitável. Provavelmente você não pulou este parágrafo, leitor).

O silêncio significava a morte para um comunicador. Vocalizar, nutrindo-se da própria voz, era o jogo de xadrez de Meraldo para enganá-la.

Todos haviam almoçado na UTI, exceto Kazumi, o paciente à esquerda cujo neto o barbeara antes. Percebendo-o destampar a marmita térmica, Meraldo revelou o cardápio, carne ao molho. O idoso de oitenta e cinco anos olhou marotamente o jornalista e devolveu:

— Não é não. O meu é peixe ao molho, o meu prato favorito!

Meraldo e Kazumi riram, aproveitando a transitória alegria e tudo o que ela significava. O contentamento podia estar ali, bem simples, como em um filme divertido, em uma viagem de férias ou em um gole de água gelada.

À espera de improvável transplante cardíaco, Kazumi estava internado na UTI havia suficiente tempo para escolher a sua refeição. Peixe era a sua opção predileta, pois não consumia carne vermelha.

— Pintado? — curiosou Meraldo.

— Não sei, peixe é peixe! — respondeu Kazumi, para abocanhar uma colherada do cozido.

— Peixe é peixe. Pintado é pintado — esclareceu Meraldo, para enfatizar a superioridade gastronômica do delicioso peixe de água doce.

Com o papo distraído, Meraldo propôs um bolão sobre o cardápio da noite, mas Kazumi declinou: se perder, não tem como pagar. As vinte e quatro horas seguintes incluíram conversas sobre o time do coração deles, os pais japoneses de Kazumi e o já antigo sucesso de Meraldo na TV. Apareceu também um baralho para jogar carteado a distância; era a necessidade criando amizade.

Para celebrar os novos amigos, Meraldo prometeu a espetacular mojica de pintado de Amanda, se ela não o tivesse abandonado de vez.

— Quando acaba casamento, dá saudade! — lamentou Kazumi, casto após a viuvez, contente em viver mais um pouquinho.

— Casamento é difícil porque não é fácil, e não é fácil porque sou difícil — curtiu Meraldo, que como um telespectador em um filme silenciou em algum momento e recordou o início com Amanda.

O primeiro cartão, com coraçõezinhos desenhados em vermelho nas laterais, e um imenso coração centralizado em fundo igualmente vermelho. Com pedido de casamento, a reação dela fora *Já?*. O primeiro beijo, embaixo da espessa mangueira da escola, acompanhado de testemunha, um poliglota ursinho de pelúcia rosa-claro, que repetia ininterruptamente *eu te amo* em cinco idiomas *I love you, Je t'aime, Ich liebe dich, Te quiero e Uhibbuka*. O primeiro Dia dos Namorados, quando ela escreveu em preto *Eu te amo* em mil e uma tirinhas de cartolinas vermelhas, com o símbolo do infinito abaixo de cada frase. Ele sentiu saudades daquele futuro ilimitado e feliz.

Onde deixamos aquele amor todo? — perguntou-se.

As memórias alcançavam o nascimento do primeiro filho, Meraldo Junior, quando Meraldo pai se atormentou:

Cadê você, Amanda? É hora para desertar?

Ele então abaixou a cabeça, fechou os olhos e contou os números, temeroso de que o desespero lhe causasse um novo infarto. Era o fim da tormenta? Não, pois, quanto mais ele queria esquecer, mais ele se lembrava dela, e a contagem recomeçava. *Morrerei em instantes, sei.* Na décima terceira enumeração após tentar contar até cem, quando acompanhantes deixavam a UTI, Amanda apareceu:

— Mais calmo, hoje? — perguntou ela.

— Como? Sem você, quase infartei novamente! — exagerou ele, explodindo repentinamente de alegria.

Parceiras, a alegria é simples, enquanto a felicidade, complexa. Imaginando-se de olhos fechados realizar os objetivos mais importantes de uma vida, há felicidade. A alegria é o caminho até lá.

Meraldo tinha um único desejo naquele momento e pediu que Amanda o adivinhasse. Ela parecia não entender, quando ele piscou de um jeito maroto. Depois, cantou moleque o samba deles:

Me abraça e me beija,
Me chama de meu amor,
Me abraça e deseja,
Vem mostrar pra mim o seu calor.

Ele se imaginou bem velhaco, finalmente. Em frente ao leitor desta história, sorriu com dentes à mostra, contraindo os cantos dos lábios e os músculos dos olhos. Era a própria cara da alegria, que perguntava empolgada em close:

— Pode falar, leitor, quem é o cara?

VERGONHA

Tuuummm.

O toque seco da porta do banheiro contra o portal acordou Joelson antes de a estrela amarela aterrissar. Ou era a respiração ofegante de Cláudio que acelerara as batidas do coração paterno?

O filho mal dormira, imaginou o pai.

No café mais tarde, contínuos *tuuuns* quebravam o silêncio, agora produzidos pelos dedos de Cláudio na mesa de MDP. O pai perguntou se o filho não comeria o pão francês quentinho com manteiga, que era trocado por leite puro. Cláudio balançou a cabeça de um lado a outro para recusar.

— Tem Toddy — disse Joelson, apontando o achocolatado.

— Não é Toddy! — respondeu Cláudio para agradecer.

— E uma farofa de azeitona, vai? — perguntou o pai, que tentava compensar a falta de dinheiro, o Toddy genérico e a aflição do filho.

A farofa de azeitona era especial. Frita em manteiga abundante, levava um pouquinho de óleo para não queimar. Para ficar molhadinha e para não amargar, o alho era colocado só no final. A cebola vinha antes. Dourados a cebola e o alho, colocava-se a azeitona, e depois a farinha, que seria bem tostada até ficar amarronzada.

— Pesado para hoje? — quis rejeitar Cláudio, encolhido.

— Tem bastante tempo ainda — respondeu o pai.

— Então, vai — concordou o filho.

Joelson se levantou da mesa, alcançou a prateleira e retirou a farinha fina. O segredo de uma boa farofa começa pela farinha, obrigatoriamente fina. Farinha grossa é para pirão.

— Torre bem a farinha, pai — disse o filho, esquecendo momentaneamente a tensão.

— Sempre, a receita da sua mãe. Ela dizia: farofa não é arroz, farofa é escura.

— Sinto a falta dela!

* * *

— Já vai! — dizia dona Gerda, mãe de Cláudio, reagindo às demandas. Trocada pelas expressões brevemente, daqui a pouco, dentro de instantes, em pouco tempo, sem atraso, ela adotara o *já vai*. Ligeireza na ação?

Hóspedes solicitavam toalhas de banho, entregues apenas cinquenta minutos depois. Telefonema, sabonete e refeição, ela atrasava tudo como recepcionista em hotel. *Já vai* virara um cacoete defensivo à pressão sofrida, sem relação com o tempo da ação.

Pelo desprazer da realidade, pelo desprazer de encarar a realidade, pelo desprazer de encarar a realidade imediata, ela não conseguia dizer *não*. Um turista solicitou uma cama extra para o filho de quatro anos. Com o hotel lotado naquela noite, a única resposta possível era a negativa, naturalmente. Porém, Gerda enrolou temendo desagradar, e a criança dormiu na cama dos pais, irritadíssimos.

Ela agia como se pudesse adiar o porvir, imaginado em velocidade decrescente; era como se dissociasse o momento presente do futuro imediato.

Cansaço também havia. Trabalhava em dois hotéis e vivia em défice permanente consigo. Eram três horas no trânsito, uma comendo, outra se arrumando, doze trabalhando, seis dormindo. Arrumação de casa e filho ocupavam as folgas da vida acelerada.

Um dia, ela tocou os seus seios e sentiu uma saliência na mama esquerda. O nódulo aumentou duas semanas depois, mas a mamografia demorou seis meses desde a regulação. Na burocracia da agonia, recorrer a quem? Fazer o quê? Ir aonde? Exausta, já vai, não vai e ela não foi. Adoeceu recapitulando os seus sonhos adiados, quando a proeminência virou caroço.

Mães desejam deixar um legado aos filhos. O que Gerda legaria ao seu? Propriedades, não tinha. Dinheiro, não tinha. Ação, só conhecia a entre amigos. O que mãe partindo lega a jovem filho? Não seria algo único. Foram advertências, conselhos e muitos abraços. Também alguma serenidade para aconchegar o coração de quem fica. Quatro palavras sobressaíram, porém.

Ela observava o filho tímido trancado no quarto, sem viver. Ele copiava a sua procrastinação, seria o suprassumo de uma vida extraviada. Decidida a virar o jogo, ela se levantou cambaleante em seus últimos dias de vida e foi ao quarto de Cláudio, que lia. Então, sentou-se na cama dele e falou:

— Meu filho, acho que está chegando a minha hora, estou partindo. Temos que encarar isso! Não terás sobrenome importante, você sabe. Não terás riquezas, você sabe também. Mas nunca se esqueça, *já vai nunca será*.

* * *

A noite demorava, e, com ela, o calafrio e o suor encharcavam a camiseta rubra de Cláudio. Ele tremia como Leonardo DiCaprio na cena final de *Titanic*. Mas, diferentemente do mar gelado hollywoodiano, o calor torrava aquele sábado amortecido. No quarto de teto preto, ele torcia contra os ponteiros do relógio, desejando que a noite não chegasse. A sua turbulência interna contrastava com o seu silêncio.

Procura-se uma voz nesta casa, pensou Joelson, que imaginava o filho aflito.

O silêncio ainda à noitinha, ele matutou como um pai: *Estaria o filho vivo? Estaria ele seguro?* Depois, agiu como um, ao entrar no quarto do filho sem bater:

— Tudo bem?

— Tu-Tu-do — respondeu Cláudio, inseguro.

O pai pediu celeridade, quando o viu trocar a camiseta molhada de suor. Sem bastar, acelerou-o com um grito dez minutos mais tarde. Mais tensão, mais lentidão. Joelson voltou em seguida ao quarto de Cláudio, como para expulsá-lo do casulo da timidez:

— Vá, senão perderá o encontro — ordenou o pai.

Tremulando todo, Cláudio desejou que o empurrão paterno o conduzisse ao seu destino. Temia falhar, daí tremia ainda mais. Quem nunca experimentou uma crise de pernas bambas?

* * *

Do outro lado da cidade estava ela, @claudiarochaoficial. Houve, há, haverá outras Cláudias Rocha, mas ela era a verdadeira, a Cláudia Rocha que importava. Moldada em genética e carisma, a sua autoestima reverberava na frase de perfil do Instagram: Linda no coração e na pele! Ou ela era afirmativa assim, ou era atropelada pelas redes sociais. Disposta a sobreviver, a sua originalidade a destacou.

Cláudia decidira viver em primeiro, segundo e terceiro lugares desde a adolescência. Autopromoção egocêntrica, diriam alguns. Instinto de sobrevivência, diria ela. Certamente, os amigos e fãs discordavam da tese egoísta:

— Você está sempre lá para a gente — comentou um fã em uma publicação dela.

— Cláudia é única — disse outra amiga.

Protegidas por uma tela, as postagens em redes sociais alimentam amor, ódio e outras emoções; quase nunca a indiferença. Posts de reuniões em família, baladas na Audacity e férias na praia repercutem aplausos esperados. O entusiasmo reluz, afinal. Mas era em temas incomuns que @claudiarochaoficial se destacava:

Sofre, peida e chora como a gente! Tem o coração maravilhoso. Te amo! — comentou uma amiga numa publicação.

A *digital influencer* curtiu o comentário sem afetação e respondeu, *sincerona*:

— Goste-se ou não, peido é universal.

Brincalhona, teorizou sobre os tipos de flatulências, classificando-as em peido, peidinho e peidão, e explicou a diferença entre eles (sem a mesma desenvoltura dela, pularei esse tópico constrangido). Foi zoando ali que a notei ainda mais. Perguntei-me quem falaria sobre peido tão naturalmente em uma rede social, coisa mais séria, que para ela era inclusive um negócio.

Só um abestado escreveria sobre isso!

Como a estrela mais viva do céu, a Sirius, essa espontaneidade palhaça deixava rastros de luz no mundo digital e, logo, mais seguidores. O engajamento gerava *publis* como o post daquela manhã, um TBT com duas amigas em Fernando de Noronha:

> Pensa numa semana delícia no paraíso com amigas que amo. Fernando de Noronha tem meu coração, e quando vocês vierem aqui, o @fernandodenoronhahotelunforgettable está recomendadíssimo (não esqueçam da indicação).
> Localização ótima, good vibes e uma galera gente boa.
> É como estar em casa, e quantos mimos, já quero voltar.
>
> Obrigada pela recepção maravilhosa. 🖤 🖤 🖤

A foto das amigas rendeu trinta mil curtidas e três mil seguidores em poucas horas. Os seus conselhos honestos também se destacavam: o daquela manhã refletiu a vida fora das redes sociais. Após os três coraçõezinhos, a beleza fresca em um arrojado biquíni laranja fluorescente aconselhou, advertindo:

— P.S. Curtam a breve vida, meus amores. Quando se vê, ela passou!

Jamais esquecerei essa frase.

Cláudia dominava a décima segunda arte, a das redes sociais. Ela derretia corações com sabedoria prática e sensualidade. O meu também. Sonho ou ilusão, os seguidores viveriam futuramente como ela? E quem acha que isso releva? Esperança de deslumbramento ou inspiração compartilhada, a sua apaixonada legião virtual era como uma brisa contínua na orla da praia.

A publicação daquela tarde de sábado alcançou sessenta mil curtidas com o sorteio da botinha da @duaanitta, toda aveludada em rosa:

> Oie, meninas
> Tudo bem por aí? Espero q sim!!!
> Vai ter sorteio da @duaanitta
>
> É bem simples.
> É só seguir o meu perfil e o da @duaanitta,
> curtir esta foto e marcar dois amigos nos comentários.
> O sorteio é sábado que vem
> Vamos participar e ganhar, galera!
> Compartilhem MUIIIITO
>
> Boa sorte! ☘ Amo vcs
> P.S.: Tomara que ganhe alguém de uma cidade gelada.

Então, ela se lembrou do encontro logo mais com Cláudio e a timidez charmosa dele. Pão de amor que alimentaria o desejo dela de honestidade emocional?

Ela queria então um relacionamento amoroso discreto nas redes, pois vivia da Internet. Namorara antes César por cinco anos, também um youtuber. Brigas, pazes e indiretas entravam ao vivo, acompanhadas por milhões de seguidores do casal, e como desolação desengaja, postagens felizes eram obrigatórias. Eles viviam como na anedota clássica, que já é uma reflexão comum.

Ali, um casal se desentende em um jantar, provocando-se: o homem acusa ignorância, a mulher imputa estupidez. Eles não conversam, emburrados. Cada qual aprecia o seu risoto em vinte e um minutos de silêncio. Porém, para repercutir nas redes, os influenciadores se abraçam forçadamente para a selfie que engajará. Na felicidade obrigada com romantismo fingido, vibrantes nas redes, amuados na vida real.

É que, para um influencer, sem engajamento, sem vida.

Saco, atestou Cláudia sobre tais atuações, com o namoro em frangalhos.

O término de Cláudia e César comoveu os fãs, enlutados com o fim inesperado do casal modelo de comercial de TV. Desejando franqueza desde então, ela rejeitava ser um algoritmo humano, ao preço de si. A vida robotizada à fama, não existe *chatGPT* no amor.

Meu *feed* precisa de satisfação sincera, postou ela após o fim. Os seguidores deliraram com a sua autenticidade.

Como seria logo mais com Cláudio? Ela estava ansiosa, mas como ainda era à tardinha, cochilaria tranquila. A festa só começava às nove.

* * *

Uma criança com um balão não imagina o gás hélio sólido. Se a matéria tem diferentes estados físicos, o ser humano também. A vergonha pode mudar a forma de alguém, de descontraído a tenso, de ereto a encurvado, de confiante a medroso. O envergonhado desvia o olhar do outro, para se desviar de si. Ao redor de seu eu, constrói muralha invisível e cumpre sentença perpétua.

Cláudio perdeu o encontro anterior com Cláudia, baratinado pelo nervosismo. Onde se lia cento e dois no ônibus, ele enxergou setecentos e dois. Extraviado bem longe do local combinado, falseou:

— Queria muito estar aí, mas tenho febre alta.

Podemos remarcar?

Mil desculpas!

— Oie Cláudio.

Claro que sim.

Fica bem. Good vibes!

Quem confessaria a verdade nas mesmas condições? Eis nossas pequenas mentiras diárias, empregadas alguma vez por todos, até pelos infalíveis. A mentirinha de Cláudio cavou um segundo encontro. Seguidor de @claudiarochaoficial desde o namoro com César, ele queria conhecê-la, pois a admirava secretamente.

Cláudio tomou o ônibus correto então, driblando o encolhimento vergonhoso, que rouba quem se é. Atribuiu o acerto às forças superiores do cosmos guiando magicamente o seu pé direito.

Mas, como a sua baixa autoestima oprimia o razoável, a sua timidez perturbadora ainda o martelava dentro do ônibus:

Nem popular, nem bonito, inteligente, você? — perguntou-se ele, desejando que Cláudia desmarcasse o encontro por mensagem.

Seria o fim daquele sofrimento, além do que ele ganharia tempo para acalmar a sua voz interior. Ele também ganharia tempo para ela desistir dele, cansada de seus sucessivos vacilos.

Com efeitos opostos, a vergonha abate, para tombar o deprimido. Ou liberta, para levantá-lo. Cláudio decidia se seria liberto ou cativo, sentado no último banco do ônibus. A sua voz assustada relutava, entrincheirada em ideia canhestra de abandonar o ônibus e voltar para casa. Ele também cogitou ir ao local do encontro e não entrar.

Vacilante, imaginava-se travando na frente dela: *Daí, o que farei? Fujo?*

Na última parada, sem camisa e sem bilhete, um morador de rua descalço entrou no coletivo e pulou a catraca. Ele tinha longos cabelos brancos. Como revoltosos contra a usurpação da pátria, o motorista e o cobrador agarraram o senil errante, que foi derrubado ao chão com sopapos pelos guerrilheiros satisfeitos. Já Cláudio paralisou assustado. Olhando-o fixamente, o desgastado homem caído enxergou luz no galo morto e repetiu:

— Não se foge do destino! Não se foge do destino!

Cláudio interpretou a fala como um presságio ruim, mesmo desconhecendo o sentido da frase. O desencanto apavora.

* * *

Cláudia se espreguiçou na cama após o cochilo, e em vinte centímetros alcançou o universo ao tomar o celular nas mãos. Ela lamentou, como se sentisse perder o mundo:

— Tanta vida acontecendo, e eu aqui apagada.

Haters criticavam uma foto no Instagram. Ela aparecia com os seus pés enterrados na areia da praia e vestia uma saída de banho rendada, branca e preta. Os olhos estavam tampados com o antebraço esquerdo, enquanto a mão direita erguida fazia o V. Na legenda, havia a frase *viver a vida*.

— Biquíni horrível, feia! — disse um.

— Branco e preto, como a orca! — falou outro.

Cláudia ignorava os *haters*, esses solitários zumbis que vagam o oceano da infelicidade. Alimentados pelo ódio, desconhecem a compaixão e o amor? Na ridicularização do outro, o desejo de subjugação? Um comentário aparentemente inofensivo a incomodou, porém. Inundado de veneno, lia-se:

Tão inteligente e sensual. A juventude acaba um dia.

Presa momentaneamente na armadilha da consciência autocrítica, ela investigou o importuno e bloqueou o seguidor. Era ódio travestido de elogio. O recalque quase sempre se revela. Porém, ela se perguntou se as suas fotos sensuais atraíam a inveja, e se a sua sensualidade acarretara o seu sucesso. Bobagem, pensou, sem dar muita importância, para encerrar o assunto.

Levantou-se em seguida, vestiu um conjunto rosa e se viu feia no espelho. Era efeito da mensagem prévia. Atenta ao perfeccionismo que exige unanimidade, ela repetiu baixinho para si *laranja roxa, laranja roxa*. Era hora de reespalhar a fruta de plástico pela casa.

Apanhou depois o seu perfume preferido, o Chanel n. 5, e borrifou a nuca. É bom viver como queremos, pensou, em referência à Internet e à própria essência. Colocou lentes de contato verdes após pentear os longos cabelos loiros, mas faltava algo. Inclinada, retomou o celular para se clicar e postar nos *stories* a selfie que pregava:

Preocupação demais, vida de menos.

Se a postagem alimentou um pouco mais os seus seguidores, ela a fez recordar o passado.

Cláudia atravessou noites insone na adolescência com pânico e culpa. Nublada nos dias seguintes, pretendia acabar com o ciclo vicioso da vergonha por meio da automutilação.

Tudo começou com uma curtida em uma foto sua, seguida por um *direct* dele. O detalhe do retrato é irrelevante, e a memória também me trai. Possivelmente, era Cláudia com treze anos vestindo o seu uniforme em uma confraternização escolar ou em qualquer outro evento estudantil. Cabelo verde e tênis All Star azuis marcavam o seu visual à época, se bem me lembro.

— Você é top! — era o *direct* de *Iron Man*, apelido de Bernardo.

De ferro, o frango tinha nada, era bem mirradinho.

Mas, veterano com dezesseis, ele cursava o segundo ano na mesma escola dela, que o curtia secretamente, como todas as garotas da escola. Ele já abandonara prova final de química por desentendimento com professor, comparecera à escola dirigindo a Hilux do pai e trouxera uma garrafa de uísque servida secretamente no recreio. Era um mito, pelo menos naquele mundinho juvenil, inspirando cabelos e gírias de seus contemporâneos. Não foi jovem um dia, leitor?

Com o prognóstico de garotas de treze apaixonadas por garotos de dezesseis, e sendo Bernardo quem era, Cláudia vibrou com o *direct* dele. As mensagens logo evoluíram para longas conversas no Skype. Falaram muito no primeiro bate-papo de Justin Bieber e o seu meteoro *Baby*, a música definitiva dela então:

— Ele é lindo — disse ela.

— Não irá longe, é superficial — opinou o profundo conhecedor de história da música futura, o oráculo Bernardo, que completou: — É horrível de feio também.

Ela evitou polemizar, inclusive por enxergar bastante semelhança física entre o astro musical e Bernardo. Daí, desviou o assunto e perguntou os gostos musicais dele:

— Rock pesado, claro — revelou ele, com indiscutível intrepidez.

— Eu também — exagerou ela, que pouco entendia do estilo musical.

— Você é a garota mais massa da sétima série!

Bernardo e Cláudia *textaram* indefinidamente, manhãs, tardes e noites. Foram dez dias assim sem parar. Foram os dez dias mais felizes da adolescência inteira dela. Numa noite, porém, a infelicidade a possuiu com uma mensagem de Vivi, a sua melhor amiga:

Amiga, olhe a última postagem no grupo da sala.

Ela olhou e, apesar de imaculada, se viu descoberta. Literalmente.

A postagem era um *nude* de Cláudia, enviado para Bernardo dois dias antes. Ele pedira, ela recusara. Mas ele insistira com os velhos argumentos da confiança e da prova de amor, que a convenceram:

— Ou não conversamos mais. Você não confia em mim? Não me ama?

— Confio, é que... que... que... está bom — cedeu ela.

A foto exibia o seu rostinho.

Desconheço hoje maior desespero adolescente, especialmente o feminino.

O pânico começou, e a sua vida terminou (pelo menos era no que ela acreditou). No território livre da Internet, sem fronteiras geográficas ou físicas, ela imaginava todos vendo a sua foto nua, no colégio, em casa, na rua, então e para sempre. Abandonou daí a escola após ser chamada de biscatinha da atenção por amigos de Bernardo, que alegara extravio do celular. Foram seis meses trancada em casa.

Vestida com camisas de manga longa no auge das queimadas, quando esbranquiçam o sol, o céu e a visão neste paralelo, o traje disfarçava a dissociação entre as dores física e emocional. É que ela mordia os punhos para abrandar o seu sofrimento. Era o seu xarope para a ansiedade.

Ainda bem, ela tinha bastante apoio familiar. O irmão mais velho a consolava, argumentando a sua inocência, enquanto a mãe beijoqueira repetia amá-la. Preocupado com a automutilação e as ruminações mentais — reais e irreais —, o pai apareceu com a laranja roxa, que cessaria o ciclo viciante da vergonha da filha. Espalhadas pela casa, cada laranja roxa representava um ponto. Ganharia o jogo quem mais marcasse pontos, trocando cada ato de automutilação ou ruminação mental por uma laranja roxa.

— Errar não te define, sempre te amarei, e para pensamento ruim, laranja roxa! — foi a lição paterna.

Sem apagar o bullying sexual, alguma plenitude pressupunha uma nova chance para si, com autoperdão.

* * *

Pena que Cláudio não recebera o mesmo conselho paterno. Ele continuava imaginando o seu encontro como desastroso, ainda impactado com a violência no ônibus. Assim, Cláudia o repelia, afastando-se dele:

— Tchau, suado!

A empatia humana foi substituída um pouco mais pelo medonho, quando ele apalpou os bolsos do jeans e buscou a carteira, ao descer do ônibus. Retirou-a então, abriu-a e contou as notas duas vezes. Depois, caminhou duas quadras até visualizar o barzinho, e ao bater a mão no bolso, agora por fora da calça, conferiu novamente o pequeno objeto. Apareceu finalmente o absurdo que, sem vigília, tornou-se real:

— E se a carteira fugir? — perguntou-se.

Ainda não sei como as suas pernas o conduziram ao local do encontro, mas ele chegou lá.

Lendo Soweto nos letreiros luminosos, imaginou dois bares homônimos e questionou se estava no local certo. O óbvio deveria se fazer consciência, mas contaminada pelo disparate, a obviedade virara insensatez.

Dois Sowetos naquele sertão?

Ficou só espiando a porta do boteco à frente, enquanto as mesmas ideias paranoicas o paralisavam. Mas, quando menos esperava, apareceu um garçom que o arrastou para dentro, cheio de sorrisos e sugestões de drinques. A cena do quase duelo foi digna de *Trinity*. Com o seu braço conduzido, Cláudio se desprendeu à frente para alcançar a mesa mais escondida em um canto escuro de um pilar.

Ele se virava a qualquer som do entorno, já que até assovio de borboleta o assustava. Eu ri alto propositalmente na mesa ao lado. Em pânico, ele quebrou a nuca para me olhar, como se quisesse perguntar:

— Rindo de mim? O que eu fiz?

Deduzi isso quando o encarei. Ele encolheu o peito ainda mais, piorando a péssima postura encurvada. Tal era a segunda forma mais preferida da vergonha. Quis chacoalhá-lo depois para lhe apresentar a realidade:

— Cara, é mundo TikTok. Eu importo, só — eu lhe diria. Depois, eu o despacharia. O seu lugar não era ali, claramente.

Sem poder, apenas observei a garantida diversão. Vi quando ele solicitou o cardápio apenas para fingir intimidade com o ambiente desconhecido, mas o leu desatento. O menu à deriva, pediu o óbvio: um chope, que quando servido trombou as suas mãos reticentes como um navio desgovernado. A mesa quase virou ao tentar apará-lo. Ele era uma comédia ambulante em dois milhões quinhentos e sete mil novecentos e quarenta e nove erros. Um completo paspalho!

Pensei imediatamente na fábula do rei que, desejando uma roupa original, nada vestiu. Enquanto todos temiam a reação real ao dizer a verdade (o rei estava nu, pois não havia roupa alguma), a sinceridade infantil revelou a nudez. No encontro em instantes, do amedrontado Cláudio com a desassombrada Cláudia, ele era o rei a ser desmascarado. Quem seria a criança?

Cláudia chegou eufórica ao Soweto vinte minutos depois. O pub escoltou o seu largo sorriso, afinal ela era bastante popular. Todos queriam sugar o seu brilho, desfilado em cumprimentos a amigos e fãs. Sua graça disparou também o meu coração, que acompanhou o corpo, a alma e o rebolado dela. Quando passou em minha mesa, ela se abraçou como para abraçar a todos — meus amigos e eu.

Lindo demais!

Cláudio viu a cena, indeciso se era um feirante em fim de feira, erguendo os braços e gesticulando para chamá-la, ou se a atrairia derrubando a própria mesa, tamanho o seu açodamento:

Ridículo, pensei.

Quando o notou, ela caminhou até ele, ensopado de suor. Horrível. Depois, como um boxeador destrambelhado prestes a ser nocauteado, ele abriu a guarda ao presenteá-la com uma orquídea rosa. Tamanho era o desespero para impressioná-la que, fosse Cláudio realmente um boxeador, ele seria eliminado por um golpe abaixo da linha da cintura.

***

— Meu pai adorava orquídeas, sabia? — disse Cláudia ao romper o silêncio de segundos, que parecia eternidade para Cláudio.

— Não, ele cultivava? — perguntou ele.

Insincero, ele era PhD em Cláudia pela universidade tecnológica do Instagram, onde vira uma antiga foto dela com o pai regando uma orquídea branca com detalhes amarelos. Ele, o pai, amava orquídeas amarelas e brancas, confidenciou-lhe ela.

— Se soubesse, teria trazido outra amarela e branca.

— Huuuummmm... Que gentil.

— Estou interessado em orquídeas — aumentou o artista, que assistira ao primeiro vídeo sobre a flor havia apenas dois dias. Todos *googlam* todos, não é?

Houve depois um longo silêncio dele, que queria cessar o seu pródigo suor nervoso, com medo de Cláudia notar e se desinteressar. Mas como? Ele desconhecia a arte do encontro romântico, não sabia como tratá-la. Encantado, a sua reverência sublime a ela o apavorava. Desejou sorrir, falar e agir como ela, naturalmente, mas bloqueado, só ouvia:

— Gosta de série? Eu adoro — falou ela.

— Gosto, mas assisto pouco — disfarçou o vacilão, que gostava mesmo era de jogar Call of Duty, madrugada adentro.

— Viu *Olhos que Condenam*?

Claro que ele não vira, pois vivia preso ao videogame. Mas esconderia a verdade. Soaria péssimo aparecer como um rato de videogame.

— Ainda não, é boa? — perguntou evasivo, para disfarçar a ignorância.

— Demais! Garotos negros levam décadas para provar a inocência, depois de serem condenados e presos injustamente por estupro. Triste, mas vale a pena.

Cláudio agia como um acusado de crime exercendo o direito ao silêncio, sem concluir frases. Quase mudo, sempre monossilábico. Mais ouvia que falava. Fosse ele judoca, seria punido por falta de combatividade. Coube a ela quebrar um novo silêncio constrangedor:

— Calor aqui.

— Viver nesta cidade sem ar-condicionado é, é, é... — gaguejou Cláudio, como um criminoso na iminência da prisão. Ele não completou a frase.

Então, o amadorismo aumentou quando ele balbuciou, meio que sem querer, uma pérola da inocência juvenil: estou emocionado em conhecê-la.

Tolice, pensei.

Para minha surpresa, porém, a audácia ergueu o seu peito, altivo como o de um galo. Vendo-o da perpendicular, balancei a cabeça e ri. Desacreditei. Eu nunca agiria como ele. A cena era patética.

* * *

Darwin estava certo: enrubescer [é] a mais especial e a mais humana de todas as emoções. Sendo a vergonha democrática, Cláudia ruborizou:
— A emoção de me conhecer?
Pareceu-me gentileza e paciência com ele.
Cláudio esqueceu o suor, repentinamente confiante, e se empolgou. Desgrudado de sua autocrítica, elogiou o sorriso dela, que sorriu mais. Gesticulou, e até ensaiou umas gracinhas. De encurvado a ereto, era como se um coach pousasse em sua crista e ordenasse:
— Larga de ser besta, *bocó de fivela*.
O pintinho, agora pavão, contou uma piada horrível. Mas e daí? Cláudia riu, um pouco sem graça. Eu quis dizer à ave:
— Tá forçado. Menos, herói de fliperama!

* * *

Beijo é como piada, requer desfecho a tempo.
A piada perde a graça quando é postergado o desenlace. O beijo, a chance. Os experts dividem uma piada em duas partes: primeiro, a preparação; depois, a quebra. Na preparação, há elementos para compreender a quebra, enquanto a quebra gera propriamente o riso. Sem preparação, não há riso; sem quebra, há piada interminável. Piada é charge de panela abduzida do fogão se há inflação, caras e bocas caricatas de atriz e até regra de três. Uma piada de uma personagem da Internet, a Tia Lucrécia, para exemplificar:

Oh, Hanna, eu não estou nem aí que você não tomará a vacina [preparação], só paga os meus três mil reais antes de morrer [quebra].

Há sempre o risco de embaraço em desperceber uma piada. Um negacionista da covid-19 talvez não entenda a anedota acima.

Quando isso acontece, o humorista percebe o interlocutor sério e deseja uma máquina de riso para a piada desentendida. A máquina portátil incentivaria o riso como numa *sitcom*, com uma sequência de altos *Hahahahas*.

Já a máquina portátil de beijo a casais reticentes seria bem mais inteligente. O casal atraído não se beija durante a paquera, e a demora preocupa. Então, toca em aviso sonoro *To Love Somebody,* enquanto ao fundo repercute-se baixinho *Hora do beijo! Hora do beijo!* É o fim das frustrações aos tímidos:

— A máquina está dizendo para nos beijarmos — diz a garota, acanhada.

— O que a gente faz? — responde a outra garota.

— Beija? — pergunta a primeira garota, fingindo estranheza.

Se a timidez persiste, a máquina do beijo repete um mantra dos adolescentes de treze anos dos anos oitenta. Quando viam casais conversando, eles repetiam como um disco furado um incentivo constrangedor:

— Beeiija, beeiija, beeiija!

Os tímidos se entreolham daí. É olhar de beijo, é a alegria vencendo a vergonha! Excessivamente postergado, porém, o beijo perde o tempo. Vira diálogo vergonhoso:

— Então — disse Cláudia.

— Pois é — gaguejou Cláudio.

— É — sorriu Cláudia, olhando o céu, a mesa, Cláudio e novamente o céu, a mesa e Cláudio.

Se o segredo alimenta a vergonha, o constrangimento revelado cria pontes. Quando reinaria outro silêncio embaraçoso, Cláudio lembrou de Dona Gerda e o seu *já vai nunca será*. Inflamado pela lembrança materna, lançou outra pérola, que invejaria até os Bee Gees:

— Penso em você desde antes de nascer.

Senti vergonha alheia ao ouvir tal hipérbole do desespero. Mas, pela primeira vez, preocupei-me. É que ela se aproximou estranhamente dele e parecia apreciá-lo. O que viria depois?

O que viria depois aconteceu a seguir, pois não há futuro do pretérito no amor. Ela segurou as mãos dele no colo dela e beijou-o ferozmente.

Ele retribuiu. Sem máquina do beijo, era laranja roxa mesmo. Onde estivessem, o pai de Cláudia e Dona Gerda estariam orgulhosos.

* * *

Seguiram-se suspiros, risos e mais beijos. Com o coração disparado e a boca seca, eu é quem tremia agora. Assisti invejoso à cena com o meu coração esfacelado. Seguia há tempos @claudiarochaoficial e também a desejava em uma noite enluarada na Soweto. Na minha vida ensaiada — como eu me desculparia após clonar o seu *nude* anos antes? —, meus planos também incluíam beijos incessantes. Mas a minha voz interior me travava:

— Ela é demais para você!

A pior forma de vergonha fora a minha, duplamente.

É impossível terminar esta narrativa feliz, vendo os afagos intermináveis de Cláudio e Cláudia. Como ele na chegada, deixei o barzinho cabisbaixo, sozinho e suado. Triste, a noite era do *gallo man*.

ESPERANÇA

O país se buscava, enquanto eu me perseguia. Mas quem eu era? Embora já soubesse a resposta, percorri um longo percurso até viver a minha revelação.

Anistia

— Invenção do diabo — disse Jango anos antes no exílio argentino.

Esperançoso na ruína da ditadura, o ex-presidente desejava retornar ao país, inclusive para participar novamente da vida política. Mas, como a abertura tardou, Jango se retraiu, cada vez mais calado. A espera se frustrou. Morto no exílio, seu caixão foi coberto com uma bandeira escrita anistia.

A causa explodiu em 1979. Anistia seria a palavra do ano, se existisse eleição para as palavras. O assunto fervia no democratismo lá em casa, embora meu pai odiasse o tema, que o consumia:

— Olha só, Elza — dizia para minha mãe —, a patota voltará aterrorizando. Esse Figueiredo é um banana!

Ela retrucava:

— Mas, Edu, o presidente falou o óbvio: cada cidadão deve viver em seu país!

O falatório me preocupava. O Natal se aproximava, sem conversa sobre presentes. Preocupada, falei com o meu irmão mais novo:

— Puxa, Eduardo, o pai e a mãe só falam em anistia. Quero saber é da cozinha da Neusa!

— Você, hein? Quero um Ferrorama! — respondeu ele.

A cozinha da Neusa encantava as meninas em 1979, enquanto o Ferrorama fascinava os garotos. Os brinquedos seguiam forçosamente os gêneros então.

A cozinha de lata continha dois armários elevados, um de cada lado: um vitrô móvel amarelo no meio os ligava. Abaixo do armário esquerdo, havia uma torneira e uma pia embutidas; e, do direito, um pequeno fogão industrial de duas bocas, com forno. Completava o conjunto um botijão prateado com correia de gás, igual à cor do armário. Os tons vibrantes prenunciavam as tonalidades dos anos oitenta:

— Maravilhoso esse vermelho — disse Elza, apontando o brinquedo na prateleira.

— Prefiro o azul bebê — destoei.

— Esse vermelho gritante nunca vi.

— Mas o azul é o único com geladeira — inovei o argumento.

Com cinquenta centímetros de comprimento e dezoito de altura, Elza desejou o conjunto em sua infância. Logo depois, alcançou o brinquedo na prateleira, tomou-o às mãos e repeliu-o. O passatempo seria contraindicado às meninas dos modernos anos oitenta. Até discordei, mas não adiantou.

Eu me perguntei então sobre a aparência da esperança.

Há dois quadros. No primeiro, uma figura humana disforme com cabeça losangular cinza e corpo circular marrom tem a boca retorcida. O lábio superior está erguido, e o inferior, abaixado, e os fios de cabelo são puxados por uma mão invisível. A obscuridade amedronta.

O outro é colorido. A figura geométrica tem o losango vermelho e o círculo amarelo nítidos. O azul vibrante acima remete ao céu, enquanto o lilás da íris relaxa. A alegria esperançosa me fazia acreditar em mim, e a cozinha colorida da Neusa acolheu o meu coração inseguro.

Produzido pela Estrela, o Ferrorama brilhou no Natal de 1979. Era uma locomotiva com vagões acoplados (de combustível, de passageiro e de cargas), e se movimentava com pilhas. Tinha modelos variados. O mais simples, ovalado e pequeno, possuía comando de alavancas e par de postes. O mais sofisticado atravessava rio, subia montanha e quebrava gelo.

Eu não me espantaria se o Ferrorama tivesse expulsado os soviéticos do Afeganistão!

Assistíamos à novela na sala uma semana antes do Natal, enquanto o meu irmão dormia. Fui ao banheiro no intervalo, de onde ouvi minha mãe cochichar:

— Cozinha da Neusa e Ferrorama.
Meu pai anotou desatento, leu a anotação e questionou, indignado:
— Cozinha da Neusa?
— Pois é — resignou-se minha mãe.

A novela da época era *Pai Herói*. Ela retratava a saga de um jovem interiorano na cidade grande. Idealista, ele acredita na inocência do falecido pai e busca absolvê-lo. O desfecho da trama revela o pai pecador, enquanto os espectadores reconhecem o verdadeiro herói, o filho. Inspirada na jornada épica ficcional, desejei redenção também heroica. Imaginando alguma anistia para mim, falei a Elza no dia seguinte:

— Quero o Ferrorama também. Será de Eduardo e meu.

Redemocratização

— Quero votar para presidente! — bradava a minha mãe.

Com treze anos, o meu protesto era silencioso, e a minha bandeira, completamente diferente. Eu só queria estrear a minha boca, beijando de língua. Preocupado com os perigos da redemocratização, meu pai queria mudança sem mudar:

— Precisamos de um presidente escolhido pelos militares. Do contrário, eles destruirão o país — defendia Edu.

Eles eram os anistiados.

Arrotando Maluf, ele se revoltara com a torcida materna por Tancredo no colégio eleitoral, que elegeria indiretamente o primeiro presidente civil em vinte anos (o colégio eleitoral sucedeu a derrota da emenda das Diretas, que previa eleições populares para presidente). Piorou quando Elza cantou *Dante Sim, Dante Já*: o meu velho considerou provocação. Derrotada a emenda, o seu autor capitalizou politicamente a frustração popular, virando ministro.

Dante Sim, Dante Já entoou o divórcio de meus pais no mesmo ano.

Lamentei outro fim, afogada na novela *A Gata Comeu*. Protagonizada por Christiane Torloni, a Jô Penteado, ela abandonara sete noivos, decidida a se casar com o oitavo. Enquanto isso, o também protagonista professor Fábio, interpretado por Nuno Leal Maia, organizava um passeio náutico para os seus alunos.

No dia marcado, Jô acompanha a aventura escolar com seus amigos, pois a lancha era do pai. Mas o barco quebra durante a excursão, e adultos e crianças se abrigam em uma ilha deserta até o resgate, ocorrido apenas dois meses depois. Fábio e Jô reproduzem o estereótipo então vigente. Ela era a jovem mimada domada pelo homem maduro.

Como Tom e Jerry, *My Fair Lady* vinte anos depois!?

(Os filmes dos anos quarenta, cinquenta e sessenta retratam frágeis mulheres, dependentes emocionalmente de homens. *My Fair Lady* impressiona pelo tamanho do estereótipo reproduzido. Ainda bem, há Audrey Hepburn para salvar.)

Jô percebe, após o resgate, estar apaixonada por Fábio — noivo de outra — e termina o noivado para conquistá-lo. Ele a odeia. Ela, que desconhece limites, até sequestra o professor. O casal termina a mirabolante trama junto nos impuros anos oitenta. Triste pelo fim da novela, lamentei a *morte* de personagens tão cativantes. É que as lembranças seriam cada vez menos precisas sem YouTube à época. Com a democratização nacional em alta, quis eleição para uma *A Gata Comeu 2*.

Eu vivia dias iguais, impaciente. Acordava cedo para ir à escola, dormia até três da tarde e assistia televisão depois. Querendo completar dezesseis, desejei democracia que acelerasse a minha existência:

Treze anos que não passam... Nem posso namorar.

O tédio aumentava aos sábados, nas aulas de economia. Obrigada a reler pela quinta vez *O homem mais rico da Babilônia,* meu pai nos ensinava a poupar dez por cento do salário que eu ainda não recebia. Como qualquer garota, eu só queria dançar a lenta, esse estilo de dança em desuso como o latim. Imortalizada por Lane Brody, coladinha e devagar, tinha papo ao pé do ouvido.

— Bem que o Marquinhos poderia dançar comigo — eu esperava nas festinhas, sonhando com o garoto mais bonito da minha rua.

Oitenta e cinco terminou arrastado. Embora admirasse a Simony — eu ainda solto a voz em *Ursinho Pimpão* em karaokê —, ganhar o boneco Fofão de Natal era desatualizado demais. Eu desejara um walkman para ouvir as minhas músicas preferidas, ou patins rosa, mas ganhei o bochechudo de meu pai. Acabou no lixo.

Tão bonito foi só o cartão de vó Olinda:

Cara Lindeza,
(....)
te amo do seu jeitinho!
(...)
Da sua vovó, que te ama como uma mãezinha.

Constituição de 1988

Sou noveleira, alguma dúvida?

Oitenta e seis e oitenta e sete contaram com memória novelística apagada. Pessoalmente, o Marquinhos ocupava os meus pensamentos e cartinhas. Familiarmente, a memória materna de *Roque Santeiro* — o nosso melhor retrato, segundo minha mãe — me irritava:

— Falta uma *Roque Santeiro*, a melhor novela de todos os tempos — dizia Elza.

Embora amasse *Roque Santeiro* e concorde com ela hoje, eu me aborrecia como se abandonasse Jô. Era a minha lealdade juvenil venerando *A Gata Comeu*:

— Nunca existirá outra Jô — eu retrucava.

Hoje sei, Jô e eu nos ligávamos pela mesma teimosia, da criança que visitará os primos amanhã e insiste em permanecer acordada hoje, imaginando assim apressar o tempo. A mãe diz *durma, é só amanhã*. O pequeno insiste em teimar.

Outra insistência? Gostar do Marquinhos.

Grandes histórias, memoráveis impactos. Senti *Vale Tudo* reacender o meu gosto por telenovelas. A história principal é de Maria de Fátima, uma jovem ambiciosa que herda a casa do avô em uma cidade interiorana. Imediatamente após, ela vende o imóvel escondido e desabriga a sua mãe, Raquel Accioli, que não teve mais onde morar. Maria de

Fátima foge para a cidade grande, onde contrairá núpcias com um milionário ingênuo e alcançará a vida luxuosa. Raquel se muda também, para confrontar a filha traiçoeira.

Reveladoras, há cenas antológicas na trama. Raquel rasga o vestido de noiva da filha poucos dias antes de seu casamento. Odete Roitman, outra vilã carismática da novela, é assassinada, instigando o questionamento sobre a identidade do assassino. Reginaldo Faria em fuga troça a pátria, com um inesquecível gesto de banana com os braços.

A essência brasileira exposta irrestritamente no ano de promulgação da Constituição de 1988, que prometia mudanças, com universais direitos às liberdades e ao voto limpo, à proteção aos trabalhadores, à educação e à saúde. Novos direitos, nova pátria?

Em um diálogo hipotético, Antônio Conselheiro, o líder de Canudos, e Ulysses Guimarães, o presidente da Constituinte, discutem tal possibilidade:

— Mudaremos o nosso DNA? Absurdo — refuta Conselheiro, descrente da Nova Carta Magna. Ele acreditava em liderança carismática, exatamente o oposto do preconizado na novíssima República.

— Moderno você, hein? Nem existia DNA em seu tempo, Conselheiro. O que queremos é liberdade, direitos e democracia — responde Ulysses. Para ele, a Constituição representava a esperança de universalizar direitos e consolidar a democracia.

— A constituição do povo é bem diferente dessa Constituição escrita. Será trágico — debocha Conselheiro sobre a recém-aprovada Carta.

— O que você queria, monarquia despótica? — devolve Ulysses.

— A pátria quer a salvação com líderes que guiem o povo por justos caminhos!

— A pátria quer mudar, e só a democracia garante mudanças — responde Ulysses, o Roque Santeiro da Constituição. Ele esbraveja, então, crente na soberania popular:

— Traidor da Constituição é Traidor da Pátria!

Com quinze anos, acreditei na fé constitucional do bom velhinho em findar o vale-tudo nacional. Mas, angustiada, questionei a inclusão feminina, sem uma nova Pandora. Inteligente e bela, ela se casou com

Epimeteu, detentor de uma caixa contendo todos os males. Abrindo-a descuidadamente um dia, Pandora os liberou. A imagem mítica perpetuou mulheres agindo inadvertidamente.

Chega de Pandora! Sou Tieta — desejei.

Expulsa da tradicionalíssima e pacata Santana do Agreste pelo pai beato, incomodado com a sexualidade da filha, Tieta retornou rica vinte e cinco anos depois. Daí, ela sacudiu os conservadores costumes locais: queria vingança. Abençoada então pelo pai e por Perpétua, a irmã interesseira e também beata, Tieta era destemida. A sua personalidade me impressionou em oitenta e nove, tanto quanto o seu colar de ouro trançado:

— Quero um igual! — disse a minha mãe.
— Enlouqueceu? Só se for de pechisbeque — ironizou ela.
— É lindo! — falei.
— Uma mulher não é feita de colar! — sentenciou a minha mãe.

Intrigada e triste, ansiei urgentemente resposta:

— De que é feita uma mulher?

Plano Collor

Gentileza consigo durante abalos emocionais, a autocompaixão reconhece o sofrimento universal, expurgando a vergonha, a culpa e o medo; poupa tragédias, evitando mais sofrimento aos sofrentes; e admite o erro, reconhecendo-o humano. Comecei noventa desejando mais autocompaixão, a minha principal resolução de nova década.

— Doutorado em Londres? — espantei.
— Três anos só — respondeu Elza.
— Quero ir junto — chorei, sofrendo.
— Não tem como... Volto logo — prometeu minha mãe.

Meu pai quis me abrigar, mas declinei. Recentemente separado, ele criava sozinho dois filhos pequenos de um novo ex-relacionamento. Eu o conhecia, logo viraria mãe de meus amadinhos em tempo integral.

Carente de colo, escolhi o afeto em pessoa, vó Olinda, viúva havia três meses após cinquenta e cinco anos casada. Andava cabisbaixa, apegada ao luto de meu avô. Quando fui morar com ela, não imaginei o bem que vó Olinda me faria. Cozinhando, falando e ouvindo, aprendi muito com ela, que me mimava também. Eu sentia o feijão com paio aromatizando a casa ao chegar da escola:

— Que cheiro feijão de bom!
— O quê?
— Que cheiro bom de feijão!
— Como você gosta — abraçava-me para agradecer a minha soma: a mesa servida no café, com pão quentinho e chá-mate.
— Você é a melhor do universo — dizia eu, retribuindo o abraço.

Como ela me acrescentou! O feijão era um detalhe. Claro, saborosíssimo.

Novelávamos juntas em 1990, quando o Plano Collor sequestrou a poupança e a recessão seguinte ressentiu a população, aumentando os refugiados econômicos no país da teledramaturgia. Com milhões à frente da TV, *Rainha da Sucata* e *Pantanal* monopolizaram a nossa atenção e sequestraram a esperança nacional. Havia grandes personagens e intensos enredos naquelas tramas inesquecíveis.

Maria do Carmo, que enricou com sucata, era filha de um dono de ferro-velho. Idealizando desde adolescente Edu Figueroa, um playboy de hábitos refinados, ela comprou casamento com ele e o sustentou. Também bancou a sua tradicional família, que vivia de aparência. Ela foi desprezada na mansão dos Figueroa por Laurinha, a madrasta de Edu platonicamente apaixonada pelo enteado, e pelo próprio Edu. Maria do Carmo sofre um golpe na trama, recomeça o império da sucata e perdoa o marido arrependido.

Quem nunca provou um coração pirata não sofreu por amor!

Quando acabava a tragicomédia *Rainha da Sucata*, começava *Pantanal*, filmada e transmitida pela extinta TV Manchete. Ambientada no alagado, a novela mostrou ambientes e tradições desconhecidos. O bioma Pantanal é um paraíso natural com seis meses na seca e seis meses na água. Além de beleza cênica, a novela trouxe tramas folclóricas. A mais interessante envolveu Juma, uma jovem mulher criada selvagemente pela mãe, que virava onça-pintada. A trama bateu a audiência da rede Globo, fato incomum à época.

Mais amparada, mas inundada de ambiguidades. Terminei mil novecentos e noventa contemplando a força de Maria do Carmo para recomeçar, a singularidade de Juma para lutar e a sabedoria de vó Olinda para acolher... Era um pouco de quem me tornaria.

Encorajei-me e beijei o Marquinhos na virada do ano, mas, inseguro, ele escolheu namorar outra. Não o culpo. Era o fim da ilusão, seria o meu também?

Inflação

O povo queria encerrar exclusividades. Os eleitores de mil novecentos e noventa elegeram um presidente pelo voto popular após vinte e nove anos. Inflação é um privilégio, que consome o salário e a renda de pobres, enquanto valoriza investimentos em títulos e ações de ricos.

Havia grande expectativa sobre o jovem presidente, Fernando Collor, eleito com a promessa de domar o dragão inflacionário. Porém, o sequestro da poupança de milhões ruiu a esperança no primeiro dia de seu governo. O desespero econômico continuaria:

— É agora ou agora. Vamos! É a compra do mês — afligia-se vó Olinda, quando caía a sua pensão. O bereré também renovaria o fiado da caderneta no mercado.

— Tenho aula — respondia eu.

— Pegue a tarefa depois com o Pedrinho. Não podemos esperar — ordenava ela, ao remeter ao vizinho e colega de classe. Ela não gostava que eu faltasse às aulas, mas assustava-se com a inflação desembestada, tão sorrateira quanto mágico fazendo coelho desaparecer em cartola.

— Água na mão escorre mais devagar que os preços. Amanhã já não compraremos o paio — ressaltava ela, enquanto se vestia.

Pessoalmente, percebi. O meu crescente sofrimento nunca fora sobre o Marquinhos, era sobre mim. Inflacionada de amor de vó, esqueci a porra-louquice materna e o descaso paterno. Passei a chamá-la de mãezinha, ela era o meu consolo de fé.

— Vai assistir à novela hoje?

— Não sei, mãezinha — dizia eu que, para acompanhá-la em nosso ritual noturno, acabei assistindo às esquecíveis *Meu Bem, Meu Mal* e *O Dono do Mundo*.

Lidando com os meus mistérios, gostei mesmo foi de *Renascer*. Na trama principal, José Inocêncio era um poderoso fazendeiro do cacau, que tivera quatro filhos com Maria Santa. Ele a amara devotamente, mas ela morreu no parto do filho caçula, João Pedro. Ele seria desprezado pelo pai, que o culpava pela morte da esposa. Enquanto os três primeiros filhos do coronel estudaram e viviam confortavelmente na cidade, o caçula vivia bravio no sertão. Identificada com a sua rejeição, vi-me João Pedro.

Ele sofre na trama, menosprezado: o ressentimento entre pai e filho se cura só no capítulo final, quando José Inocêncio se desculpa com João Pedro pela amargura de uma vida inteira. Daí, o filho aceita o perdão do pai, libertando-o para morrer tranquilo. Redime-se mesmo sem culpa, e eles se abraçam no final. Quem nunca desejou alguma redenção?

Todo conterrâneo corria para comprar feijão e era um pouco João Pedro em mil novecentos e noventa três. E como João, menosprezado, perguntei-me quem eu era, em busca de salvação.

LIBERDADE

— Quem será a próxima vítima?

Essa foi a pergunta central do suspense *A Próxima Vítima*, de 1995. O autor assassinou personagens durante a novela. Assassino e vítimas tinham ligação comum.

Uma trama paralela polemizou a sociedade, porém. Os personagens Jefferson (Lui Mendes) e Sandro (André Gonçalves) formavam um casal inter-racial gay. O ator Gonçalves foi espancado por isso!

Só aí resgatei uma memória dos seis anos. Eu experimentava um maiô florido em amarelo e rosa da prima Elda, quando ela gritou:

— Melhor não!

Obedeci, sem bem entender.

Emprestei a sua boneca Nenezinho da Estrela uma semana depois. Vestida em vermelho com um lacinho amarrado no peito, Nenezinho tinha pupilas azul royal e cabelo loiro, a aparência-padrão das bonecas de então. Elda me aconselhou discrição, mas só compreendi o conselho em casa. Meu pai me viu ninando a boneca e berrou:

— Não!

Joguei Nenezinho no chão, assustada. Senti a mesma inadequação de quando ouvira a reação dele à Cozinha da Neusa.

Minha contradição infantojuvenil cresceu como boa novela que avança o script em cenas: sentia-me desconfortável em meu corpo, duvidava de meu lugar no mundo. Bastante confusa, interpretei um galã namorador para o meu pai e para a sociedade. Mas eu não estava em uma novela, era a minha vida.

Ao negar os meus conflitos, silenciei, e, ao fingir, ensimesmei-me, sempre mais. Depois, entristeci. Vivia em um sobrado, e de quando em quando queria abrir a janela e flutuar. Assustada com essa ideia, eu só tinha catorze anos.

Minha autoimagem distorcida se afastou daquela janela apoiada em vó Olinda, que me salvou como uma massagem cardíaca para infartado. Ela me ensinava a viver genuinamente a minha essência. Era isso ou habitar uma prisão.

— Sassá Mutema é feliz por ser quem é — falou certa noite mãezinha, citando o inesquecível personagem de Lima Duarte em *O Salvador da Pátria*.

Sorri timidamente como se ecoasse o meu desejo mais secreto, compreendida pela primeira vez. Disfarçado de todos, jamais o escondera de mim, e por um momento imaginei agir com confiança. Eu interrompia o meu *autobullying* ansioso, podendo ser eu; mas, indomável, a mente trouxe uma oposição superior, conflitante. Atormentada, perguntei à mãezinha:

— E Deus?

— Somos sua imagem e semelhança, esqueceu? Ame-se como és — respondeu ela.

— Deus colocaria alguém em um corpo errado?

Eu desejava reelaborar a minha fé, de conflituosa a harmônica com o sagrado, em uma vida transparente.

— Deus é infalível.

— Também sou parte do corpo do Nosso Senhor Jesus Cristo?

— Você é divina criatura única, amada incondicionalmente. Valemos pelo que somos, não pelo que pensam de nós.

Identificada com a fé, despertei cheia de otimismo. Sem ele, eu seria Pandora, inconsequente e vacilante.

Antes desamparada, mesmo sabendo quem era e o que queria, eu não sabia como. Em um corpo errado desde sempre, abandonei o meu esconderijo. Estava determinada a existir, e para isso viveria do meu jeito, jamais haveria outro. Renunciei finalmente ao desespero. Como uma novela boa, viver espera final feliz.

SOL

[PARTE 2]

E LUA

MEDO

— Carolina, sua desgraça! Não presta para nada.
A história começa assim.

* * *

A lua trazia aflição e loucura na noite apavorante medieval. O sobrenatural se impunha, o homem angustiado acreditava em lobisomem.

Metade homem, metade animal, esse ser atemorizava. Sanguinário e arredio, é o oitavo filho após sete filhas e se transforma à meia-noite de sexta-feira em uma encruzilhada. Ele busca desesperadamente sangue, e volve-se humano no mesmo cruzamento até o amanhecer.

— Não me obedece, chamo o lobisomem! — dizia Dona Rosa à filha.

Aparecia então a doce ingenuidade infantil. Carolina corria imediatamente para a cama, cobrindo-se apavorada, como se um lençol a protegesse de lobisomem.

Como o medo domina a gente, atenção na próxima encruzilhada, leitor!

Mangueira é um ar-condicionado natural que alivia o calor, um desfrute de sombra fresca. A árvore centralizava a vida familiar, sombreando metade do quintal. Dona Rosa sentava seus dias ali em uma cadeira com fio verde desgastado, erma no quintal arejado. Nem poderia ser diferente na minguada casa de adobe de três peças, cuja mangueira era área de lazer e sala da família.

A casa tinha um quarto, onde dormiam Carolina, os irmãos e a mãe. A pia externa, debaixo da única janela do cômodo, significava a cozinha. Havia na frente um banheiro de madeira, descoberto.

Dona Rosa se esquecia sob a mangueira olhando a rua agitada. Acontecia de tudo ali: marido dopando a esposa para encontrar a amante, sorrateiro na penumbra; vizinha retomando o casamento desgastado, enquanto recebia jovem amante no almoço; homem arriscando o salário no jogo do bicho, esperando enriquecer; cadeirante desviando do barro para apanhar o ônibus; pai trocando o leite do filho pela cerveja no bar. Quase uma *Janela Indiscreta* de Hitchcock, mas sem suspense.

— Que dia é hoje, Carolina? — perguntou a esguia e frágil mulher após dar um gole no corotinho.

— Quinta, mãe — respondeu a franzina filha de pele parda, que cozinhava entre tijolos próxima a ela.

— Queria que fosse sábado! — agoniou-se Rosa, que esticara a lombar empurrada pelas mãos.

— Por quê?

— Não te interessa. Bicho intrometido!

Dona Rosa, com as mãos apoiadas no estômago, perturbou Carolina um pouco mais:

— E o ovo? Tô com fome, meu.

— Quase — respondeu Carolina, apavorada, alisando exasperadamente com a mão esquerda os seus cabelos extremamente pretos e lisos, herança de seus antepassados umutinas.

— Paradeira aqui hoje.

A vida alheia nutria Dona Rosa, após três companheiros desaparecidos na rapidez de um arco-íris apresentado ao sol. Ela se distanciava assim da própria infelicidade, materializada em trezentos reais de pensão alimentícia do filho caçula. Uma merreca afortunada comparada ao nada dos outros filhos:

— Seus pais sumiram, fiquei pra criar vocês. Qualquer hora canso e vou embora também — dizia Dona Rosa, para desespero dos filhos:

— Não vai, não — dizia um, aflito.

— Eu vou junto — chorava a outra.

Carolina abraçava os irmãos, disfarçando a própria aflição para acolher. Dona Rosa sorria levemente com a cena, como se a agonia alheia fosse uma prova de amor. Depois, dobrava a aposta:

— Vou entregar vocês para o Conselho Tutelar, só me atrapalham.

* * *

Dona Rosa começava a função antes das nove da manhã, já que a sobriedade a martirizava. Deitada na rede, esticava o seu copo como sinal para Carolina completá-lo com Jamel e ordenava:

— Bora ganhar a vida, filhinhos. Não me deixem sonhar que gastaram o dinheiro... — era um lembrete aos filhos sobre os episódios recorrentes de desvio da esmola, trocada por picolés.

É curiosa a interpretação literal das crianças, usualmente subestimada pelos adultos. Carolina se desassossegava com a possibilidade de punição por um crime inexistente:

E se não comprarmos picolé, e ela sonhar que compramos?, preocupava-se, com o seu par de óculos retangular fundo, nervosamente embaçados.

Com os filhos no trecho, Dona Rosa observava sonolenta o movimento da rua de manhã, enquanto aprontava um cochilo. De volta à casa horas depois, a temerosa Carolina vigiava o sono da mãe, após recolher as moedas dos irmãos:

— Silêncio! — ordenava ela aos pequeninos que conversavam alto.

— Quero brincar — dizia um irmãozinho.

— Vamos jogar queimada? — perguntava outro.

— Calem a boca. E se o barulho a levar a sonhar que compramos picolé, quando não compramos? Querem apanhar? — reagia Carolina.

O sol fervia quando Dona Rosa acordava e, ainda deitada, observava a cadeirante voltar para almoçar, o vizinho infiel trazer a marmita da família e o coró mordiscar outra folha de mangueira. Carolina, que se sentara em um banquinho, observava a mãe para tentar adivinhar o seu juízo:

O que ela tanto matuta?

Dona Rosa era imprevisível, vibrando fora da realidade após os tragos. Alternava xingamentos e cantorias, loucura e euforia.

Deitada na rede em um fim de tarde, ela se levantou subitamente, quase saltando, para cantarolar eufórica um desconhecido mundo acolhedor:

O meu lugar
É cercado de luta e suor
Esperança num mundo melhor

Com tal metáfora de esperança, Rosa se virou para Carolina: Venha dançar! A filha se aproximou da mangueira para abraçar a mãe saltitante. Sem tremores de temor, descansou momentaneamente o seu pessimismo e esqueceu a costumeira ameaça materna de abandono. Ela dançava com Rosa em círculo, quando recordou *odeio picolé*.

Vigilante saudável de biologia salvadora, o medo nos trouxe da vida primitiva até aqui, ao recusar rendição à agilidade da onça, à força do búfalo e à insídia do morcego. O medo é um reflexo emocional adaptativo que prepara o espírito ao confronto ou à fuga e predispõe o corpo às turbulências.

Temor não exclui afeto, porém. Embora a temesse, Carolina receava deixar de existir sem a mãe. Se amantes embriagados se tornavam agressivos com Dona Rosa, Carolina imaginava que os seus gritos poderiam salvar a mãe.

A filha também temia outro risco, mais atual.

Ela bebe tanto e vomita sempre. E se ela vomitar deitada após uma bebedeira e, afogada no próprio vômito, faltar ar?, perguntava-se Carolina, despedaçada. Cada dia parecia o fatídico. Minha sorte acaba hoje, eu sei!, torturava-se ela, com a respiração rara, os olhos dispersos e a boca seca.

Vivendo dias sombrios, era medo sempre.

***

As relações geométricas são reais na intuitiva matemática dos espaços do dia a dia. Professora de geometria de Carolina, Joelma lidava com o medo de matemática de seus alunos e aguçava a curiosidade deles com desafios matemáticos. Ela reuniu em uma manhã os seus estudantes na quadra do colégio e, para desmistificar, puxou uma trena de dez metros para introduzir o Teorema de Pitágoras assim:

— Primeiro, mediremos três metros. Depois, quatro perpendicularmente. Um ângulo de noventa graus se formará, e a diagonal formará um triângulo. Já sei o resultado da reta sem medir. Duvidam? Está escrito neste papelzinho.

— É mágica, professora? — perguntou Carolina.

— Não, só é matemática — respondeu Joelma, cuja estatura baixa contrastava com as largas orelhas.

A trena estendida mediu as duas primeiras retas, marcadas no chão com giz azul, enquanto a reta diagonal recebeu rosa. Joelma pediu aos alunos para andarem sobre as retas, e finalmente palpites sobre a metragem da diagonal:

— Será maior que as duas primeiras! — facilitou a professora.

Carolina acertou o tamanho da reta rosa em cinco metros e sorriu quando a professora a parabenizou. Depois, perguntou:

— Ganhei da matemática?

Joelma estendeu novamente a trena e desenhou outro triângulo retângulo no chão, bem maior. As duas retas perpendiculares mediam oito e nove metros. Ao caminhar no desconhecido, os alunos apostaram no comprimento da diagonal. Única a dizer doze metros, Carolina acertou de novo. Era como se ela respirasse geometria:

— Ganhei de novo — vibrou ela, erguendo as mãos para cima como uma campeã mundial. Faltou-lhe só a taça para repetir o gesto imortalizado por Bellini em 1958.

Nem precisou. Como Joelma a elogiara ao dizer *hoje só dá você*, o elogio fez Carolina levitar. A sua euforia dispensou troféu.

Matemática também é história, e Joelma explicou que as terras eram medidas com geometria no Egito Antigo (as frequentes inundações do rio Nilo destruíam áreas já demarcadas). Entre os faraós, ainda, a geometria ergueu os impressionantes cento e quarenta e seis metros da pirâmide de Quéops. A professora valorizava histórias, inclusive a de Carolina. Vendo-a radiante naquela manhã, Joelma recordou as recentes crises de pânico da aluna, cujo calmante fora a danada da geometria.

Ela espanta a melancolia, percebeu Joelma.

Então, a professora alcançou a aluna que caminhava à frente para retornar à sala de aula, tocou-lhe o ombro direito e disse:

— Mantenha este sorrisão para sempre!

O sorriso continuou até os três asteriscos seguintes.

***

Medo gera mais medo?

Refugiada do medo, Carolina temia lobisomem, Dona Rosa e até flor de ipê-amarelo. Ela imaginava morrer ao escorregar em uma e abandonar os seus irmãos. Eram os temores imaginários, que concebem factíveis hipóteses absurdas, eram os cárceres da mente carrasca, que antecipam o sofrimento em hipóteses reais. Como a incerteza amedronta, ela desejava suspender a consciência em um sono profundo, capaz de esquecer as aflições. Talvez até bloquear definitivamente o próprio pensamento, que naquela tarde se ocupava do braço direito de Dona Rosa, quebrado em uma briga de bar horas antes.

Ilusão impossível, provada pelo tempo seguinte que o relembra, algum esquecimento veio com um hobby matemático incentivado por Joelma:

— Os leões te protegerão — emocionou-se a professora, após a aluna moldar seus dois primeiros reis da selva.

Origamis são pequenas dobras diferentes em papel quadrado, cortado ou não, com infinitas possibilidades. As dobras produzem formas complexas, quando combinadas. Há onças-pintadas, elefantes e até edifícios. Um vermelho, dois verdes e dois laranja, quatro amarelos, seis pretos e inúmeros brancos em folhas de caderno, o leão era o favorito de Carolina. Até o origami tuiuiú.

— Farei mil tuiuiús — dizia ela, após inventar a própria técnica de origami da desengonçada e deslumbrante ave pantaneira.

O número mil se justificou. Comoveu-lhe a história da garota japonesa sequelada pela bomba atômica, determinada a dobrar mil origamis de tsuru para alcançar a sonhada cura. Como prêmio à árdua missão, Carolina rogou aos Senhores do universo nunca mais sentir medo.

A escolha pelo tuiuiú também se justificou. Morando no alagado, piranhas, jacarés e aves barranqueavam a sua casa. Ainda ali, ela conheceu Armando Pena, um tuiuiú destemido, que foi mordido na cabeça por um jacaré assim que nasceu. Isso deve ter mexido com o seu sistema nervoso porque ele se arriscava continuamente, como se desconhecesse o temor. O maior perigo era o seu passeio dominical na praça Barão do Rio Branco aos fins de tarde, quando pousava entre populares. Depois, cumprimentava-os sem vergonha:

— Prazer, sou Armando Pena e amo fazer novos amigos.

As pessoas se assustavam, enquanto o tuiuiú falante brincava:

— Surpresos com uma ave falante? É sempre assim. Devo ter ancestral papagaio, só pode.

Não tardavam a aparecer propostas, mas Armando Pena logo avisava não aceitar trabalhar em circo ou viver em gaiola. Amansada quando criança, a convidativa ave silvestre amava os humanos, qualidade ainda rara entre os próprios humanos. Também adorava um ipê-roxo da barranca do rio, próximo à casa de Carolina. Descansava ali vendo o mundo apressado. Daí, concluía que vida sem boleto é que era vida.

Quando sobrevoava a planície inundada em rasantes próximo ao rio, gritava para os humanos:

— Balada é isso aqui, mano. Doideira!

Ele viu Carolina entristecida embaixo da mangueira em um fim de tarde. Decidiu alegrá-la embora não se conhecessem. Rapidamente daí, levantou voo do ipê e postou-se à frente dela:

— Coragem, garota. Uma mensagem de Armando Pena, o tuiuiú mais lindo do planeta. Eu, só eu, sempre eu, eu mesmo.

Carolina invejou a autoestima da figura.

Passaram-se meses. Carolina dobrava o origami tuiuiú trezentos e vinte e um, sentada próxima à mangueira uma tarde. Ao seu lado e acima, o agora amigo Armando Pena se exibia com piruetas no ar:

— Carolina, veja como sou lindão! Fabulosamente espetacular! — disse o tuiuiú falante.

Carolina ignorou o amigo para provocá-lo, focada nos amigos de papel. *Finge não me ver, não é?* Carolina resistiu um pouco mais. Enciumado com os rivais, ele pousou ao pé da mangueira. Daí, deu dois mortais de costas, dois de frente e três laterais. Planou finalmente em círculos no quintal.

Era impossível ignorá-lo após tal façanha.

— Armando, a Rebeca Andrade dos tuiuiús!? — ironizou Carolina.

— Quer saber? Quando a Rebeca vier aqui, vai querer conhecer o lindão. Mais, ela vai querer aprender uns truques com o professor.

Carolina levantou as sobrancelhas e sorriu, como se fingisse não ouvir. Ela esqueceu o medo, mas só por um momento.

***

Medo é biologia ruim também. Medo de tudo, agonia permanente. Carolina conheceu o ápice do temor em outra tarde, quando percebeu que há seres que, ao desaparecerem, desaparece uma parte de nós. Ela repetia aos gritos, chorando abraçada aos irmãos e à mãe:

— Não vou, não vou!

— Sai, eles não vão! — gritava Dona Rosa, enquanto envolvia os filhos com o corpo como uma galinha chocando os seus ovos.

— É ordem judicial, dona! É cumprir ou cumprir — explicava o oficial de justiça, que tentava afastá-la dos filhos.

Armando Pena tentou intervir. Argumentou as vantagens do meio-termo proporcional, do bom senso razoável e da paz mundial desejável. Não colou. Agarrada a tuiuiús de papel, Carolina foi carregada com os irmãos até o carro oficial. Ali, o temor exacerbado gerou o desespero, que gerou a negação, que criou o irreal na mente dela, que imaginou:

É só mais um pesadelo. Logo acordo e tudo acaba.

Perda de apego essencial ou nostalgia de vida infeliz? Carolina fez o seu último juramento de lealdade à mãe da janela do carro:

— A senhora sempre será a minha mãe. Nunca terei outra.

Tocava na rádio do carro nessa hora Tim Maia, que, gostando tanto de alguém, encorajava um tipo de saudade especial, que era doída e eterna:

Você marcou em minha vida (...)
Chego a ter medo do futuro (...)

Perdendo o pouco, era medo integral.

***

— Tia, que saudades da mangueira, do tuiuiú e da mamãe — chorou Carolina.

Ela quase não sorria no abrigo de crianças. Era fidelidade à mãe, pois alegrar-se era trair Rosa e a sua história, tal qual Sidney com Clarinha, antes, na história da solidão.

As notícias eram desanimadoras. A revolta substituiu momentaneamente a saudade em um fim de aula, quando Joelma lhe informou sobre o novo casamento da mãe:

— Casou? — reagiu Carolina.

— E bebem o dia inteiro! — revelou a professora.

— Ela nunca nos visitou no abrigo, tia.

Carolina então perguntou de Armando Pena, de quem sentia falta também. Foi quando Joelma revelou não existir tuiuiú falante. Era certamente um sonho da aluna, já que pessoas normais não conversam com tuiuiús. Carolina, bastante surpresa, se perguntou então se ela era normal, já que estava certa de ter conversado com a ave. Entristecida daí, desconhecia que a normalidade é só uma convenção.

Amedrontada pelo passado e pelo futuro, e agora pelos seus pensamentos, era ela no planeta das preocupações. Carolina desejava desesperadamente o prêmio do milésimo origami.

Morena também era uma adolescente abrigada, com igual solidão absurda. Perdera o pai havia três meses. Uma noite, ela contava quase ter morrido de desolação, quando o irmãozinho de Carolina a interrompeu:

— É importante ter pai? — perguntou ele acanhadamente, escondido atrás de seu gorro verde, imensamente maior que a sua cabecinha.

Carolina, que ouvia o diálogo, abraçou o irmãozinho:

— Somos mãpai.

— Não somos. Mãpai é uma mãe criando um filho sem o pai! — contra-argumentou o irmãozinho.

O coração dela ferveu em uma rara noite fria, e ela respondeu serem mãpai um do outro: o irmãozinho cuidava dela, ela cuidava do irmãozinho. Ele parecia ter se conformado com a resposta, mas a própria Carolina, não. Quando ouviu Morena lamentar a sua perda, Carolina também desejou ter tido um pai para perder.

Teria lembranças pelo menos — imaginou ela, que improvisava uma tampinha metálica de um refrigerante para substituir uma peça que faltava do jogo de damas.

Esperança era alguma ilusão necessária ali, bem-vinda para quem espera ser adotado. Mas, quanto mais o tempo passa, mais distante fica a adoção, esse desejo circunstancial das crianças. Ninguém deseja a priori o afastamento dos pais biológicos. Carolina a tolerava para permanecer junto aos irmãos e para ganhar um teto na tão próxima vida adulta. Porém, ela desconhecia as dificuldades de um acolhimento de grupo de irmãos. Quatro, então! Era quase impossível vencer tal matemática.

Disfarçando muito bem o seu abatimento, ela confortava os irmãozinhos com esperança primogênita de criança abrigada. Esse tipo de esperança é sete vezes maior que acreditar na virada brasileira no sete a um contra a Alemanha.

— E se os pais adotivos forem maus? Fugimos? — questionou a irmãzinha logo após.

— A juíza pesquisa as famílias antes — respondeu Carolina.

— Não quero ficar longe de você, Carol.

— Seremos adotados juntos, a juíza prometeu. Vai dar tudo certo — falou Carolina, com a escápula erguida para passar confiança, após interromper momentaneamente a dobra de outro origami.

Vai dar tudo certo conformava o presente e amansava o desespero destruidor dos irmãos menores. Carolina monopolizava a incerteza do futuro deles e dela ao consolar os pequenos. A sua atitude era virtuosamente humana.

Sem adoção, o que farei aos dezoito? Sem dinheiro, sem casa e com fome!?, perguntava-se Carolina, aflita, já com quase dezesseis. Sem acreditar mais em lobisomem, ela temia o sustento após a maioridade, quando seria expulsa do abrigo.

* * *

Caro leitor, imagine-se por um dia como um turista no Pantanal tirando fotos de uma onça-pintada com características humanas. Amansada, claro.

— Dona onça, agora a pata no queixo e o olhar no horizonte, do tipo *não estou nem aí, mas estou curtindo*. Isso, que lindo! — diz o turista após uma pose da amiga onça.

— Ficou boa, outro ângulo? Temos a albina também — pergunta a onça, também agenciadora de turismo, após a foto.

— Opa, eu quero. Ela é mansa como a pintada?

— Sim, todas temos certificado de mansidão ISO 999.001. Mas, como ela é exclusiva, a madame só aceita Pix — responde a onça-pintada.

Embora onças-pintadas se contorçam entre queimadas e caçadores no Pantanal atual, onça que abraça turista é um despautério!

Mais ou menos similar, crianças se contorcem disputando adotantes nos abrigos, onde receber atenção já é um troféu. Mas, diferentemente da caricatura selvagem, abrigo é um mal necessário. Nem por isso menos dramático.

Em ajuda humanitária entre países, ou em roupas aos pobres, o doador se beneficia mais que o recebedor. É parecido em abrigo. A criança deseja Hot Wheels, qualquer um. Mas ganha um carrinho sem roda de aniversário. É o doador reduzindo a própria culpa à custa da paciência infantil.

Haja saquinho!

Contudo, a tragédia é sobretudo imaterial:

— Tia, já estive internada seis meses no hospital, sabia? Achavam que era tempo seco, mas era coração — falou a irmãzinha de Carolina a um casal interessado em adotar em uma ocasião.

— E você está bem agora, meu anjo? — perguntou a mulher que visitava o abrigo.

— Esse ano fiquei só um mês. Quer ver, tia? — falou a criança, para apontar o cateter com a mão esquerda.

— Dói? — perguntou consternada a mulher.

— Um pouquinho — respondeu a criança, após três segundos hesitando com o seu jeitinho de criança.

Enquanto isso, o irmãozinho de Carolina conversava com o esposo interessado. Ele afirmou que a mãe era boa até agredir os filhos.

— Droga e porrada, aprendeu com o nosso padrasto. Antes ela era legal — falou ele.

Chega de tristeza, era hora de mostrar os dotes. Qualidades e atributos impressionam os visitantes:

— Sabia que eu sei cantar, tia? — disse a irmãzinha.

— Não — respondeu a mulher adotante.

— A do coral — disse Carolina, sorrindo para a irmã, que abalava quando interpretava aquela canção.

Carolina e a irmãzinha cantaram *Rocket Man* em português, como para expressar a triste solidão delas:

Sinto muitas saudades num voo infinito assim
Sou astronauta perdendo a calma
Sozinho, aqui em cima

O casal de adotantes devotava plena atenção ao show, quando Carolina parou de cantar. A irmãzinha brilharia sozinha. Com a alma saudosa de repente, a memória irrefreável de Carolina desfilou Armando Pena, Dona Rosa e a mangueira. O seu ansiolítico sendo origamis, ela pegou uma folha quadrada, iniciando um novo tuiuiú. Era o origami tuiuiú cinco mil novecentos e trinta e sete.

Quem sabe a sorte vai para a irmãzinha!, desejou.

Era a esperança goleando a Alemanha!

RAIVA

Era o nosso último encontro. Lembrou-se de quando chegara, estava tão cansada e tinha desistido de tudo. Agora se percebeu diferente. Encontrou-se em alguma leveza.

* * *

Vestia uma calça marrom-escura e uma blusa apertada cinza, quando chegou. A opressão do vestuário refletia a angústia dela, pois, cabisbaixa, não disse nada. Ficou em pé a princípio, apertando o crucifixo de um terço, que eu saberia depois fora presenteado por sua mãe. Sentou-se e passou a manusear as contas rapidamente, como se estivesse rezando. Foram várias vezes assim. Eu me perguntei qual graça ela tanto pretendia, qual pecado ela queria expurgar.
— Boa tarde, como está?
— Boa tarde. Indo — respondeu ela, com o olhar abaixado e distante.
— Como se sente?
— Falta ar, não sei direito como fico.
— Quer uma água?
— Não quero, não.
Seus olhos me rodeavam depois, como se procurassem um farol para os guiar, mas não encontravam os meus. Parecia pensar simultaneamente em um milhão de pequenas coisas, capazes de formar um grande problema, ou em uma só, um problemão já pronto. Eu mesmo já me sentira assim tempos atrás, um tempo suficiente para não lembrar os detalhes.
— O que mais, Giana?
— Quero explodir quando lembro de tudo. Tenho um diário onde escrevi o que aconteceu.
— Não é preciso. Você se sente sufocada?
— Acho que sim.

Então, ficou em silêncio e abaixou o olhar, como se buscasse remir devotamente os seus pecados. Colocou depois as mãos no rosto e desabou entre soluços e lágrimas.

Sei que muitos confundem os abalos psíquicos com a falta de vontade ou fé, mas eles são tão reais quanto viver. Eu ouvia pacientemente o choro dela, quando ela levantou a cabeça e gritou:

— Preciso realmente disso?

— É só um transcurso.

Vivi a faculdade intensamente com agitos, amigos e festas. Embora fosse tímido, sempre achei que deveria viver as fases da vida. O quarentão que assedia a babá viveu a juventude?

Intuo que não.

Estudei muito também, e em debates intermináveis com colegas, discuti Freud, Jung e Piaget. Aprendi muito naquele período, fora e dentro da sala de aula. Fiz amigos inesquecíveis, com quem convivi e observei. Todos tinham alguma razão para estar ali: mãe falecida no parto, tio abusivo, pai desequilibrado. Era paradoxal, pois eles haviam escolhido uma profissão, enquanto queriam mesmo era se entender. Eu também.

Que saudades daquela galera! Gostaria de poder revê-los.

Dou um desconto: éramos jovens, só tínhamos dezessete anos. A pouca idade nos permitiu partilhar nossas dores. Senti a minha própria em conversas pela madrugada com meus amigos, quando me abri e me joguei nas possibilidades de amenizar as minhas angústias. A psicanálise, com a sua ênfase na livre associação de ideias, foi o meu maior interesse. Deitado no divã, deveria falar o que viesse à mente. Os resultados são bons para muitos, embora não tenham sido suficientes para mim. Repliquei a técnica com almas aflitas depois.

Os tons marrons das roupas de Gigi se repetiram, quando ela se sentou a minha frente em outra tarde, após duas semanas de choro com o rosário nas mãos.

— Como está hoje, Giana?

— Odeio esse nome, as pessoas me chamam de Gigi.

— *Gigi, então. Como você está?*
— *Comendo o que estou comendo de musse de chocolate, uma bola.*
— *Você não precisa se preocupar mais com isso. Como está?*
— *É estranho. Sempre tive pressa, mas sinto cada vez menos o tempo.*

Era a primeira tarde em que ela parecia querer falar mais, mas de repente silenciou. Ela me olhava durante esse longo silêncio, quando a incentivei a falar:

— *O que lhe vier à mente, diga.*
— *Beija-flor, Hércules, cor, Ninho, carro, pudim, dor, diário... O amor dele e o meu amor por ele... Não sei nem por onde começar... Nem o que fiz da minha vida...* — disse ela desolada num fluxo de pensamento.

* * *

Existem várias formas de morrer... E viver.

Oito pares de costela, bico longo e cores a refletir o arco-íris. Nos dez centímetros de existência e cinco gramas, um beija-flor-tesoura, verde e azul, suspira no ar com as asas batendo em frente a um solitário caju. É setembro, e como não choveu ainda, caju anda minguado.

— *Chialá*, o beija-flor *tá coloiado cô* caju — reagiu Gigi ao avistar o golpe do intruso.

Que néctar, que nada, beija-flor gosta é de caju.

— Arroz de festa — brincou Dona Joaquina, mãe de Gigi.
— Sai pra lá, capeta — xingou Gigi, para espantar o encontro entre o beija-flor e o caju.

Gigi tinha certa razão. Ela regara o cajueiro diariamente nos quatro meses de seca. Além de caju ser a sua fruta preferida, tinha outras duas atenuantes: supermercados não vendem cajus e os cajueiros produzem somente entre setembro e dezembro.

— Vou arrumar um estilingue para acabar com essa fera — revoltou-se Gigi.
— Não amaldiçoe, minha filha — franziu a testa Dona Joaquina.
— Como não, mamãe? Olha lá, é tudo que o beija-flor precisa — disse Gigi, apontando dois bebedouros para a ave, com flores de plástico laranja, vermelha e azul.

Gigi queria a compreensão da ave, que também amava caju (quando existir uma declaração universal dos direitos dos beija-flores, constará lá que todo helicopterozinho vivo terá direito ilimitado a caju). A devoção é minha também, e tamanha que, se ganhasse um dia o prêmio da Mega-Sena, eu compraria uma Ferrari. Mas só após uma plantação de caju, para comer quando quisesse, quantos desejasse.

— Açúcar, néctar, água de bica... Tem tudo lá. Beija-flor ingrato — sentenciou a filha.

— Beija-flor é mais esperto que o bicho homem, tanto que avoa como helicóptero — disse a mãe.

— Não pode esperar? É o primeiro — insistiu Gigi.

Um segundo artista, vestido em robe laranja-avermelhado, se aproximou da solitária fruta, abrindo alas na secura marrom e verde do cerrado:

— Olhe, outro bailarino — derreteu-se Dona Joaquina, quando outra ave se aproximou.

— Bailarino? É ladrão, isso sim! — retrucou Gigi.

— Aprecie um pouquinho — convidou Dona Joaquina.

A vontade dela era esganar todos os bailarinos... Até se visualizou voando atrás deles. Mas, como era impossível, Gigi deixou o quintal e bateu a porta da cozinha, desalmando até a vigésima terceira geração de beija-florezinhos. Era a morte em vida. De todas as formas de viver, desalmar beija-flor é a pior.

Gigi e Celso começaram a namorar no terceiro ano do segundo grau, mas eram cúmplices desde a merenda do pré-escolar, quando ainda nem cogitavam uma história amorosa comum.

— O que tem hoje? — perguntou a garotinha Gigi ao garotinho Celso na hora do lanche.

— Pãozinho com presunto e queijinho. E o seu? — retrucou ele.

— Empadinha e suquinho de uva — respondeu satisfeita.

— O seu é mais gostoso.

— O seu é maior.

— Metadinha?

Gigi lhe deu uma empada após abocanhar metade do lanche dele. Na saída da escola, ela gesticulou com as mãos e eles se abraçaram. As mães deles se entreolharam:

— Prazer — disse Dona Joaquina.

— Bom dia — respondeu a mãe de Celso.

A mãe dele mencionou a realização de uma festa junina em sua casa após um novo reencontro na semana seguinte:

— Ela vai adorar. Qual é o seu WhatsApp? — perguntou Dona Joaquina.

A amizade familiar prosperou.

Veio o primeiro beijo na adolescência e a idealização do primeiro amor. Jovens depois, a relação se tornou instável. Ele era desembaraçado e popular, ela era general que revisava a tropa diariamente. Insurgia-se contra decotes após vasculhar o Instagram dele (se alguém pretende se alistar nesta guerra, um conselho: ela é inútil, como quase todas as guerras).

— Quem é a periguete peituda? — perguntou ela numa noite, ao ver uma foto sensual feminina.

— Quem? — falou ele para ganhar tempo.

— Esta aqui, ó? — disse Gigi, levando o celular à boca de Celso.

— Não lembro, do serviço talvez? — sugeriu Celso, que garfara um bocado do leitão assado de Dona Joaquina.

— Cafajeste! — reagiu Gigi, atirando o celular após notar uma curtida dele na foto. Ela acusou imediatamente traição.

O decote da discórdia tinha nome e sobrenome. Era Carlinha Arruda, a nova colega de trabalho de Celso, detentora de dentes tão brancos quanto as nuvens mais alvas.

— Carlinha? Nunca a vi lá — argumentou Gigi, que lera o nome dela no perfil.

— É novata, trabalha no financeiro. Vestido de festa, casamento será? — interrompeu ele momentaneamente a degustação para apanhar o celular no sofá e rever a curtida supostamente mal-entendida.

— E você, todo amiguinho. Reparou até na roupa dela. Não pode ser só colega? — acusou Gigi.

Dona Joaquina contemporizou com o seu pudim de coco. Embora desinteresse a abordagem culinária aqui — por absoluta incompetência gastronômica deste —, o pudim de Dona Joaquina merece nota e interrupção momentânea da história. Vá lá, então:

Receita do Pudim de Dona Joaquina:
Pudim sem calda é como grosseirão bonito, haja paciência! Calda abundante é a inteligência que torna o pudim a sobremesa. Então, muita inteligência para cobrir a metade do pudim.
Comecemos por ela. O açúcar é derretido na panela de fundo largo vagarosamente, até dourar. Adicione meia xícara de água fervente e mexa bem, usando colher de pau. Não me pergunte a razão. De pudim, só sei comer. A calda dissolvida forrará a base da sobremesa, em apropriada fôrma com um furo central. Quase lá.
Agora, o pudim. Bata no liquidificador uma xícara de coco fresco ralado, um leite de coco, quatro ovos, uma lata de leite condensado e de leite de vaca igualmente. Daí, despeje na fôrma, cubra com papel-alumínio e asse em banho-maria por hora e meia. Desenforme quando frio e saboreie.

Como estudante que empareda o professor com pergunta difícil, alguém dirá ser uma receita de pudim comum. Poderia até ser, se inexistisse uma raspinha de limão e suaves especiarias, que contrapunham o enjoativo açúcar.
O pudim salvou o resto da noite com Gigi abalada e Celso caladão. Os amores juvenis, as brigas em família e o pudim da sogra.
C'est la vie!
A luz de Gigi aflorava com gatos. Ela se redimia de qualquer pecado quando socorria os indomáveis. Já entrara em churrasqueira, descera em bueiro e subira em forro em resgates desafiadores. Uma nova proeza ocorreu na última semana em um fim de tarde. Ela dirigia o seu Yaris branco lentamente em uma pista de mão dupla após o trabalho, enquanto esbravejava após as reuniões do dia:
— Delação premiada, que merda!

Lamentava paradoxalmente o sucesso em um acordo, firmado com um poderoso político local. Ele desviara duzentos milhões, mas devolveria quarenta. Ela estava frustrada, pois queria mais. Sua indignação a inquietava:

Melhor um passarinho na mão que cinco voando? Duvido. Depois eu sou a radical intransigente, pensou.

Na defesa do contribuinte saqueado, ela propusera a devolução integral do todo desviado. Resistia a aceitar a condescendência criminosa.

Faz o acordo, devolve uma merreca e se livra da cadeia. Em dois anos, desfruta os milhões roubados. Na próxima eleição, ainda volta como deputado!, refletia ela, irritada, quando um jovem felino todo preto cruzou o seu carro. (Nas cores da vida, os gatinhos mortos são pretos. Se alguém aí ainda pratica o costume, salve-se logo: já imaginou o felino puxando a sua perna à noite? Não acredita? Eu bem sei!)

O gato fugia da morte com pulinhos desgarrados, abrigando-se na faixa amarela contínua no meio das pistas, entre carros que iam e vinham. Ao deus-dará, sem beira alguma. O animalzinho implorava desesperadamente salvação. A cena foi vista pelo retrovisor, e Gigi temeu o pior:

— Vai morrer. Se pego quem abandonou, coloco na faixa no lugar do gatinho — gritou ao esmurrar o volante.

O pequeno felino seria acotovelado por alguma máquina desalmada, não fosse Gigi desafiar a morte. Ela entortou o volante rapidamente e embicou o seu carro na calçada mesmo, saltando do veículo e gesticulando com a mão direita aberta para os carros pararem. Caminhava com saltos altos vermelhos em direção ao felino, quando um motorista gritou:

— Vou te emoldurar e colocar em um outdoor.

E outros dois berraram:

— Delícia!

— Gostosa.

Sem ser mulher, não defino uma. Contudo, sei: ser mulher jovem é conviver com o assédio cotidianamente. Nesse contexto, o que é ser homem? Comporta diferentes respostas. Para as atuais gerações, ainda é conviver com pecados irrefletidos, lutando para eles desaparecerem definitivamente um dia.

Gigi apressava o passo corajoso a cada estrondo, enquanto devolvia os assaltos *Tarado! Gostosa é a mãe!* Quando a nossa heroína finalmente alcançou o felino, ela o envolveu, abraçando-o junto ao coração para acalmá-lo. Depois, falou:

— Gatinho, o seu nome será Ninho.

Se o malfeito tinha preço, qual era o preço da vida?

* * *

— *Não sei, mas sei que o preço da minha irritação me traz problema* — disse ela em outra sessão.

— E como você lida com isso?

— *Eu, eu... Me sinto uma impostora às vezes. Persigo causas nobres, mas quando explodo fico como a errada... Não, dou cabeçadas mesmo. Fico como a errada porque dou cabeçadas, daí meus erros se voltam contra mim.*

— Huuummm — falou ele após dez segundos de silêncio dela.

— *Queria ser eu mesma, sem perder o equilíbrio. Eu me pergunto se o meu lado raivoso existe para combater injustiças. Sinceramente, não sei. As coisas como são me desequilibram.*

— Como assim?

— *Fui acumulando frustrações... Cada traição de Celso, era difícil... Queria terminar, mas não conseguia... Aí, me enfurecia... Minha mãe também não ajudava... Sinto muita raiva desde criança, acho. As outras crianças me chamavam de batatão, eu revidava batendo nelas. Aconteceu várias vezes, depois tinha raiva de tudo.*

— As crianças podem ser bastante cruéis!

— *O fim com Celso foi, foi... Foi o fim de um sonho* — falou ela, que começou a chorar.

— As perdas nunca são apenas físicas — expliquei, entregando-lhe um lenço.

— *Temia perder a admiração das pessoas. A opinião alheia importa? Importa tanto que perdoei Celso tantas vezes.*

— Sei.

— As traições... Eu me sentia como um nada. É como se tudo que eu tivesse vivido fosse uma farsa!

— Huuummm.

— Não me sentia merecedora dele, daí o perdoava. Mas tinha raiva de tudo daí, raiva de mim.

Gigi reconhecia ter automatizado a raiva com o tempo, o que não é incomum. Sabe aquele casal que briga todos os dias? No fim, um olhar do outro já é motivo de briga. Ela se sentia assim, vivendo em um duelo permanente, só que consigo!

Mais soluços e ela continuou:

— Tentei várias coisas até aqui, mas só despertei agora. Preciso mudar com urgência, tenho pressa.

— Estar aqui é todo tempo de que você precisará!

— Agora eu sei.

— Sabe?

Ela me trouxe naquela tarde o seu diário. Tinha uma capa de couro branca, com listras horizontais em preto. Era em estilo fichário, com folhas pautadas e soltas. Ela escrevera um resumo dos acontecimentos marcantes de sua vida ali, especialmente as suas reações raivosas, e como se sentia depois. Queria ler, mas vetei. Observei os marcadores adesivos nos cantos das folhas, tinha uns cinquenta ali, todos fluorescentes. Ela parecia revisar constantemente as suas anotações em busca de salvação, mas não era mais preciso.

— Tá bom, achei que lendo teria mais...

— Apenas prossiga falando.

Para contrastar a solidão daquele local, e para gerar alguma alegria, eu tinha três poltronas coloridas. Uma azul, uma vermelha e outra amarela. Ela sempre escolheu sentar na azul, que tinha losangos horizontais que se sobrepunham em diferentes tonalidades da cor:

— Amo esses tons de azul, meio pálidos, meio alegres; eu me pergunto se as cores definem o mundo.

— O que acha? — devolvi.

— Elas o definem, eu sei! Sinto na pele, como a certeza do meu gosto pelo azul, a minha cor preferida desde sempre — sorriu ela.

Foi o seu primeiro sorriso após semanas ali. Não a interrompi, e ela continuou a rir da própria piada. Tinha descoberto como era rir de si.

O que fiz daí? Sorri junto.

Ela já não segurava mais o rosário, mas ele ainda estava no seu bolso. Uma garantia ao desconhecido, talvez. Estava mais assertiva, menos triste também. Ensaiou vestir naquele dia uma blusa branca, mas optou pela floral, com tons em amarelo, azul e rosa. Foi ela quem me disse. Agora, eu a atendia em dias intercalados.

***

Gigi tentara conter a sua impulsividade com respiração profunda, oração e ioga. Quanto menor a consciência, maior a destrutividade? Quanto maior a serenidade, menor o sofrimento? Novas explosões furiosas a atormentavam com a sua alta ruminação mental e o seu peito apertado.

— Por que sou como sou? — culpava-se.

Os noivos Gigi e Celso decidiam a lua de mel pela quinta vez seis meses antes do casamento:

— Paris é a melhor opção, amor — disse ele.

— Quero as Maldivas — disse ela.

— Muito caro.

As Maldivas eram um sonho dela, que queria realizá-lo mesmo ao preço de começar o casamento endividada. Como Celso se opôs, a ira automatizada reapareceu:

— Quem mandou você ser pobretão?

Exaltado daquela vez, Celso a chamou de chata encardida, mas imediatamente arrependido, rogou perdão. Nunca reagira assim. Era um bocadinho de quem era, de quem somos.

— Mostra quem é antes do casamento. Pois está tudo terminado! — decidiu ela.

Ele enviou cartões, flores e bombons nas semanas seguintes com a ajuda de Dona Joaquina. Gigi se manteve irredutível.

O término persistiu meio ano depois, e na data em que seria o matrimônio, Gigi enviou a Celso um buquê de crisântemos amarelos, flores de velório. A raiva se cristalizara em rancor.

Para alguns, um fenômeno sobrenatural humano; para outros, uma necessidade humana, o perdão comporta diferentes definições. A minha preferida está em *Os Sertões*, de Euclides da Cunha.

Um jagunço chega ao altar de um santo. Curvado, tira o chapéu respeitosamente. Agradecido pelo sucesso na última batalha, que o trouxe vivo até ali, aposenta a espingarda no altar. Cada risco indica uma morte na coronha de madeira. Ajoelha-se então o matador, rendidos o corpo e a alma devotamente. Agradecido, sente-se perdoado. Nascerá um novo homem ante emoção verdadeira dirigida ao santo? Viverá ele uma vida nova? Levanta-se o pistoleiro finalmente, aliviado após a veneração. Sai disposto a reintegrar o seu bando, agora com um novo trabuco.

A irritação amarga de Gigi permaneceu com o novo apartamento, pequeno demais; com a chuva, que sujava a varanda; com o beija-flor, bicando o caju. No trânsito, a fechada de um carro recebia a volta eloquente de um *Vá à merda, palhaço!* Merda e palhaço como eufemismos, o erguido dedo médio de Gigi homenageava os seus desafetos.

Mas a cólera a prejudicava, principalmente. Ela odiava o sentimento de culpa posterior e se martelava um ano após o término com Celso:

— Como fiz o que fiz?

Gigi o vira beijando outra na balada. Ela acreditou ser provocação e pensou: *Já? E aquele amor todo?*.

Na experiência de quem desce a ladeira, tendo experienciado choros e risos de amor, o maior erro do amante é imaginar possuir o outro. Pelo vínculo do casamento, pelo símbolo da aliança, pelo elo familiar.

Ela, bastante desejada e linda, beijou sete então, como nos meses seguintes ao término do casal, quando enviava a Celso fotos provocativas com a mensagem: o amor da minha vida desta noite. Daí, ele desistia da balada entristecido ou nem saía de casa, mas apaixonado por outra mulher agora, reagiu indiferente.

Ela não mudou nada, pensou ele.

Ignorada, Gigi se ofendeu. Decidida a esclarecer o episódio, ela o puxou pelo braço, causando:

— E essa aí?

— Sou Carla, e você? — respondeu a nova ficante de Celso.

— Não te conheço. Feia pra dedéu — retrucou Gigi, antes de atirar um copo de cerveja nela.

A confusão terminou na delegacia, e Gigi mal dormiu nas noites seguintes, lamentando-se, sombria:

— Que saco existir!

Gigi dirigia o seu Yaris rumo à internação psiquiátrica, após uma mobilização familiar. Havia um congestionamento na estrada, com veículos que transportavam grãos. Era a soja atualizando a ilusão de duradouro desenvolvimento econômico por ciclos de exploração naturais.

— Quanta carreta! — disse Dona Joaquina, que acompanhava a filha.

— O que vale aqui é a santificada soja, mamãe. Vai reclamar? — brincou Gigi.

— Não estou reclamando, mas santa? E os meus trinta e cinco anos como professora, não contam? — protestou Dona Joaquina, desconhecendo o seu estado natal, um ente federado continental e potência agrícola similar ao Texas com grãos, bois e caubóis.

— Por aqui a soja é uma deusa! — debochou Gigi.

Dona Joaquina, devota de São Benedito, o seu santo protetor, se assustou e olhou a filha sem entender.

— Nada, mamãe. Importa que retornarei melhor.

A mãe suspirou com a heresia da filha, e depois com a própria filha, ansiosa para ultrapassar uma carreta comprida:

— O carro se agarrou ao bitrem, não anda — falou, irritada, Gigi.

A raiva tem duas faces. Ela impulsiona: mais escravos morreriam antes dos quarenta, e escravas seriam estupradas sem revoltas indígenas contra os portugueses, negras contra os senhores de engenho, judias contra o faraó. Haveria rendição conformista sem alguma ira humana?

Emoção que surge e desaparece em noventa segundos, minhoquinha transmutada em Minhocão do Rio da Prata quando alimentada, a raiva também destrói. Gigi alimentou a sua fúria vertebrada em outra ultrapassagem frustrada:

— Droga de elefante que não anda!

Dona Joaquina queria dizer calma, mas silenciou. Rememorar calma ali seria desmamar criança com chupeta, não ajudaria em nada. E, como Gigi dispensava provocação, o silêncio materno a irritou:

— Somos pongós mesmo. Chegaremos amanhã atrás dessas lesmas.

Ela ultrapassou tresloucadamente uma, duas, seis carretas, uma após a outra. Dona Joaquina implorava cautela ao perceber uma nova ultrapassagem em uma reta interminável, quando surgiu na pista contrária um elefante. A curva então se fez do nada, e Gigi gritou:

— Quá, é o fim!

— Por essa luz que me *alomea*, meu Deus! — reagiu Dona Joaquina.

Reta infinita só existe em matemática. Haveria ainda vida?

Se não houvesse, mãe e filha deveriam discutir as suas diferenças no céu ou no umbral. Ou nem discutiriam, conforme a crença delas. Mas certamente, se discutissem, a conversa seria longa, pois muitos haviam sido os desacordos em vida.

Gigi, adotada aos sete anos por Dona Joaquina, vivera no confortável apartamento de duzentos metros quadrados da família de classe média alta. Deveria ter tido uma infância feliz, mas não teve. Brincava sozinha no parquinho do condomínio e desconhecia as razões, enquanto Dona Joaquina aconselhava:

— Ligue não.

— Mas por que as outras crianças fogem quando chego?

— Bobagem, Gigi! É invencionice da sua cabeça — dizia Dona Joaquina, uma mulher alta de ombros largos e olhos azuis.

A filha se perguntava se ela era o problema, já que não recebia o acolhimento materno. Mas Gigi não desistia, embora se repetisse o bullying. Ela insistia em descer em vez de se trancar em casa ou em si. As outras crianças desistiram de correr com o tempo, mas impuseram uma condição:

— Você pode brincar conosco. Mas será a nariz de batata!

— Está bom — concordou Gigi, sentindo-se inadequada.

Um garotinho a mandou pegar água depois; incentivadas, as demais crianças fizeram o mesmo. Gigi foi a montaria na brincadeira de cavalinho, e quando propôs revezamento houve recusa coletiva em coro:

— Batatão, batatão, batatão — gritaram as crianças.

Gigi arremessou o seu patinete cor-de-rosa no chão contra elas, deixou o parquinho tremendo e lamentou ser como era. Um paredão de pedra rasgou a sua autoestima desde então.

Ela sentia a falta de apoio materno também nas traições de Celso. Desejou atirar a sua aliança pela janela do apartamento no jantar de noivado ao descobrir uma nova traição, mas Dona Joaquina a impediu. A mãe lamuriou o casamento dos sonhos desfeito e repetiu a Gigi: um Celso é difícil de encontrar.

— Ele errou? Sim, mas é humano como você e eu — afirmou a mãe.

Gigi era humana, mas nunca traíra Celso. Reconhecia a errante condição humana, mas casar com ele? Ele agia como se ela lucrasse com a companhia dele, ela sentia que ele a via como uma espécie de barganha. Dona Joaquina também:

— Você é pouco solicitada, Celso é todo bonitão.

Sem fim à vista, a mãe enfaixava o coração da filha com tristeza e solidão.

* * *

— *Para sempre?* — *perguntei.*

— *Não?* — *devolveu ela, agora sem o rosário no bolso e com uma blusa branca e calça rosa-choque confortável.*

— *Não existe tempo infinito assim.*

— *Tenho mais de trinta e continuarei fazendo cagadas.*

— *Será?*

— *Só se fosse possível zerar e reiniciar o tempo?* — *brincou ela com tal possibilidade.*

— *E não é possível?* — *falei sério.*

— Loucura, claro que não! O tempo é parte de quem somos, é a nossa memória, nunca nos abandona.

Ela acordava cedo, e estava cheia de energia na única sessão que fizemos pela manhã.

— Uma coisa que anotei no diário diversas vezes e ainda penso: por que enviei aquelas flores? Por que bati em Carlinha naquela festa? Por que ameacei matá-los? Não sou aquela pessoa.

— Só você tem as respostas. Diga-me!

— A mistura de ressentimento e álcool é a pior!

— Huuummm.

— Talvez ele tenha me traído com ela, como me traiu com tantas outras. Chata encardida, ele me chamou de chata encardida, você acredita? Agi com... Foi só ressentimento, ressentimento puro.

— Te magoou muito...

— Sim, achava antes que só o meu esforço bastava, que ser preta era irrelevante. Esses assuntos nem eram tratados na minha casa.

— É?

— É, e a nossa relação sempre foi desequilibrada... A de Celso e a minha. Hoje penso que deveria ter me envolvido com um homem negro, mas homens negros querem casar com mulheres brancas.

— Huuummm.

— Vai dizer que nunca percebeu?

— Siga falando.

— Não os julgo, querem facilitar a vida dos filhos, mais brancos, querem mais status também. É inconsciente.

— Interessante, continue.

— Um pouco como eu. Por que tolerei Celso por tanto tempo? Ele agia como se eu lhe devesse, como se fosse uma conquista uma mulher negra namorar um homem branco.

— É?

— O amor tem cor, e não é a minha!

— O que mais? — provoquei após uma pausa.

— Por causa do apelido batatão, cresci achando que deveria ser perfeita, não me permitia errar! A raiva era consequência da ansiedade... Eu me sentia errada simplesmente por existir.
— Siga falando — disse após outro silêncio dela.
— Erro de existir sufoca!
— Sufoca?
— É, como se não tivesse espaço no mundo para mim, ou como se o espaço em que vivi não fosse o meu.
— O acidente mudou algo em você? — perguntei-lhe em outra sessão, quase no final do processo.
— Acho que sim.
— E?
— Ando esquecida.
— Interessante. E o que você ainda se lembra?
— É algo sobre a mamãe. Estávamos em nosso melhor momento. Ela me entendia finalmente, tinha menos mágoa dela.
— O que ela entendeu sobre você?
— Que eu não tinha as portas abertas a cada esquina como ela.
— Huuummm...
— Sinto saudades, lembro as coisas boas dela, o seu senso de humor, a sua generosidade com as pessoas. Eu sempre a vi assim?
— O que acha?
— Parece que o acidente afetou a minha memória também — sorriu ela para concluir: — Sinceramente, não sei.

* * *

Um pesadelo foi recorrente semanas antes do acidente e encorajou mudança. Herói da mitologia greco-romana e filho de Zeus, Hércules detinha inesgotável força física. O semideus matou enganado a esposa e os filhos, acreditando serem inimigos. O perdão a esse terrível erro veio com os doze trabalhos, considerados impossíveis.

No décimo, o herói deveria roubar os bois vermelhos do gigante Gerião na ilha de Erítia, um longínquo local. Como uma grande montanha separava o Mediterrâneo do Atlântico, impedindo a passagem, o semideus separou o monte em duas partes. Os dois mares foram unidos.

Ao chegar à Erítia, Hércules enfrentou Ortos, o feroz cão de guarda de Gerião, que tinha uma serpente na ponta do rabo e duas cabeças. Ele derrotou a fera com o seu poderoso bastão de oliveiras. Conduzia depois o gado, quando Gerião percebeu o sorrateiro herói. O titã com as suas duas pernas, três bustos e três cabeças combatia com três escudos e três espadas. Na luta feroz entre o bem e o mal, venceu o mocinho, que parecia derrotado quando disparou uma flechada mortal envenenada no gigante.

Até aí, ele demonstrou raiva, bravura e fúria como o grande guerreiro que era.

Porém, a volta é mais desafiadora. Ele deveria levar sozinho todos os bois para a Grécia e precisou pastorear o gado no longo percurso de volta. Arriscava-se a perda ou roubo. Guerreiro luta e mata; pastor protege e cuida. Agora pastor, Hércules precisou domar a sua própria ira, aumentando a sua autopercepção.

— Hércules, é você mesmo? — perguntou Gigi no sonho.

— Eu mesmo, e você é o meu décimo terceiro trabalho — respondeu ele, que poucos sabem, era piadista.

— Aviso logo, Hércules: não gostei da brincadeira — repreendeu Gigi.

— Eu sei, por isso lhe digo *Viva a leveza!*

— A leveza?

— Sim, a leveza.

Hércules explicou o valor da ira: ela evidencia o importante para nós e o importante para os outros em nós. A raiva bem compreendida elevaria a sua alma.

— Parece receita, autoajuda — reclamou Gigi.

Rindo, o herói falou:

— Que tal apreciar beija-flor bicando caju?

— Não sei se consigo mais.

— Promete tentar?

— Está viva, Gigi? — perguntou Dona Joaquina à filha após o capotamento. A mãe saíra ilesa após os sucessivos capotamentos do veículo.

Mas a filha nem suspirou, nem respondeu.

Gigi evitou a carreta na pista contrária ao escolher o barranco na ultrapassagem malsucedida. Foi a sua escolha ante a colisão iminente.

O tronco da filha estava preso a ferros retorcidos da porta do carro. Ela fraturara os braços, as pernas e a coluna, e o sangue tingia em vermelho o banco de couro bege do veículo. Tinha um corte profundo na lateral do pescoço, de onde escorria bastante sangue. Como a cabeça acima tinha sido transfixada no vidro frontal do carro, Dona Joaquina a moveu delicadamente para trás.

— Gigi, cadê você? — desesperou-se a mãe, quando viu as pequenas porções de massa encefálica no volante: — Não, não é justo... Agora que buscou ajuda... Fica comigo, minha filha, fica comigo!

Gigi não tinha mais pulso. Ela soltara o seu cinto de segurança momentos antes do capotamento.

* * *

— *Outra mudança? Não tenho mais anotado no diário, e olha que escrevo diários desde os meus dez anos, tenho uma pilha deles em casa. Não servem para nada.*

— *E por que você carrega um ainda?*

— *Não sei* — respondia ela, quando abaixou os olhos para buscar o diário ao lado de sua poltrona. Ao vê-lo, exclamou em tom de choque:

— *Hã!*

— *O que foi?*

— *Estranho, não lembro de ter tirado os marcadores...*

— *Você ainda precisa deles?*

— *Cada vez menos, mas não é essa a questão. Os marcadores estavam aqui até ontem, não lembro de tê-los tirado. É estranho, não, é muito, muito estranho. Mas deixa pra lá, preciso deles cada vez menos. Engraçado, eu ficaria furiosa em outros tempos se mexessem no meu diário.*

Ela olhou o diário novamente e o viu menos desgastado. A capa de couro parecia nova, com o branco e o preto reluzentes. Então, ela o retomou em suas mãos e abriu. Notou que as suas anotações estavam desaparecendo. Pensou daí que o problema era a sua visão e acreditou estar ficando cega:

— Não tenho enxergado muito bem, acho que foi o acidente. Já tinha perdido o terço e não o encontrei, após procurar em todos os lugares. Guardava-o em uma caixa, como fazia todas as noites, até que ele simplesmente desapareceu uma noite. Será que o terço está lá e não vi?

— O que acha?

— Agora não consigo mais enxergar as palavras no diário e vejo o diário como se nunca tivesse sido usado. Estou enlouquecendo, será? Uma pausa e ela mesma respondeu: — Acho que não, estou bem melhor, recordo menos o passado a cada dia.

Um longo silêncio e ela prosseguiu, espantada:

— Não pode ser?

— O que não pode ser?

— É sobre o tempo, não é? Não pode ser... É sobre reiniciar o tempo — falou eufórica.

— O que acha?

— Que lindo! — falou Gigi em nosso último encontro.

— Aproveite! — disse.

Eu a levara então à imensa sala dos espelhos, um cômodo com centenas de metros cujas paredes e teto eram espelhados. Côncavos, planos e convexos, um mosaico de suas formas aparecia ali. Ela se surpreendeu com a potência do lugar, que a refletia de mil e uma maneiras, quase sempre no futuro.

Que transparente, pensou, ao perceber a sua consciência e pureza diante de si. Olhou-se depois e reparou as suas belas tranças em ângulos diferentes nos espelhos laterais. Viu-se também em vários looks de moda, os seus preferidos. Daí, sorriu. Sentia-se e estava mais bela, tinha conseguido ser ela!

Caminhou daí até o centro do salão, onde havia um grande espelho convexo. Com molduras roxas, ela pisava sobre ele e se via em imagens em movimento ao redor de si. O jardim de infância, Dona Joaquina, Celso, o diário e até o beija-flor bicando um caju surgiram lá. Gigi estranhou com um olhar de surpresa. Ela tentava se lembrar deles, mas *não conseguia. Riu então sem graça por não entender, como se as suas lágrimas tivessem sido finalmente compreendidas, como se um novo tempo começasse, como se toda dor desaparecesse.*

Lembrou-se então de quando chegara, estava tão cansada. Tinha desistido de tudo. Refletida ali, sem antigas lembranças e velhas histórias, ela encontrou finalmente a leveza. Percebeu-se diferente, viu-se em paz.

PAIXÃO

A definição de vida estável pergunta entediada: sem tensão é sem graça?
　Uma imagem responde
　Duas mulheres se beijam numa praça
　Sozinhos, o pai balança a filhinha
　Uma criança corre, a mãe esperneia atrás. A vó segue depois
　Cortejam-se sentados uma mulher e dois homens
　A mãe amamenta o filho sob a árvore. O pai sorri orgulhoso
　Um casal de araras-azuis corta a cena voando
　Gêmeos adolescentes imitam o taramelar
　Com o sol vibrante ao fundo
　O dia é feliz
　Bandeirolas coloridas gritam
　É Lígia
　Surgem brincando os barrigudinhos
　Lucca é completo

Morando dentro, a paixão metamorfoseia. Ela exige energia e tempo dedicados à causa, ideia ou pessoa admirada. A paixão é a vontade de vida ilimitada, que desteme falhar. Ela entusiasma o apaixonado e diverte o espectador.

Tudo aconteceu em poucas semanas na história de Lígia e Lucca.

* * *

Sem parar de pensar nela, ele *textou* oito dias após conhecê-la:

　Saudades do teu cheiro
　Da tua pele
　Do teu calor...
　Bom dia!

— Eu também.

Você por inteiro.

Tudo em você... — respondeu ela.

— Bom sentir isso — repetiu ele em áudio oito vezes naquela manhã.

Pergunto a razão de os apaixonados ecoarem falas de apaixonamento. Confortam a insegurança do outro ou compartilham a alma encantada? Dessei, e por dessaber, especulo. Sem pretender um tratado sobre a paixão, contento-me em namorar palavras, e por acordar bem-humorado hoje, pretendi alguma diversão. Este parágrafo só queria usar um verbo incomum, para arrancar algum sorriso silencioso do outro lado da tela. E não são os sorrisos recorrentes uma marca dos apaixonados?

— Bom acordar ouvindo isso — derreteu-se ela, deitada na cama.

* * *

O rasqueado é um bailado comportado, um misto de siriri com polca paraguaia, apresentado com viola de cocho. Já o lambadão é um baile acelerado, uma mistura do carimbó paraense, da lambada amazônica e do próprio rasqueado.

O lambadão tem intenso contato corporal dos trapezistas bailarinos. Um passo notável é o lançamento da parceira pelo parceiro, de lado a outro, de trás para a frente em piruetas no ar. Ao ver a dança, Guilherme reproduziu o elitismo dos opositores do ritmo:

— Quase um estupro!

Apenas movimentos sensuais não explicam a marginalização do ritmo. Difundida por plebeus, a dança se exibe em locais abertos, circundados por mangueiras, ou em simples salões comunitários. Casais lotavam o salão naquela noite, quando uma roda se abriu para vê-la dançar. Era Lígia em seu show particular. Fascinados, os espectadores formavam uma fila para dançar com ela, como se a homenageassem.

— Ela era mola? — perguntou-se Lucca.

Guilherme ganhava cortesias para o espetáculo, pois sua família locava a aparelhagem de som. Ele conhecia bem a arte. A Lucca estreava um mundo novo, imprevisto até.

— Dança muito ela — respondeu Lucca a Guilherme, colegas no curso de administração de empresas.

Lígia, que trajava calça jeans azul-escura e camiseta polo preta com o logotipo da casa, era garçonete do Bar da Promoção Cem por Cento. Lucca estranhou uma funcionária dançando em horário de serviço, mas deduziu ser uma folguinha para brilhar. Tal informalidade subversiva o atraiu.

Com cabelos encaracolados que batiam à cintura, tom de pele pardo, glúteos generosos e baixinha, ela encarnava a morena tropical. Clichê, eu sei. O frescor juvenil dispensava botox para trapacear o tempo em vinte e quatro anos incompletos.

Lucca desejava dançar com ela e queria impressioná-la, os dois exibidos em roda. Mas temeu desperdiçar a chance, já que desconhecia os passos. Deveria treinar antes. Dançar ali não era a melhor oportunidade para conhecê-la.

Ele cogitou pedir o seu telefone, quando Lígia se aproximou. Mas, por duvidar da eficácia da abordagem, desistiu. Contentou-se com uma cerveja. O displicente *certo* dela em resposta ao pedido o frustrou. Fascinou-o também. Aplicava-se a trigésima quarta lei da atração, segundo a qual o desinteresse alheio me interessa. Um ego desprezado é a magia da atração?

* * *

— Bora, acabou — falou Guilherme quando o show terminou às três e meia da manhã.

— Só mais um pouquinho — devolveu Lucca, que observava Lígia empilhar cadeiras em um canto do salão.

O jovem homem de vinte anos lhe lançava derradeiros olhares — do tipo é a última chance de te conhecer. A falta de reciprocidade dela continuava, gerando o desprezo imaginado, tão sentido quanto o real. Lucca atendeu finalmente Guilherme e caminhou até o carro.

No trajeto à casa de Guilherme, nas proximidades, Lucca o agradeceu pela experiência sui generis que ele desejava repetir. Só não confidenciou que voltaria naquela mesma madrugada para encontrar Lígia. Quem nunca se comportou assim para evitar um julgamento de um amigo?

Que ela ainda esteja lá, desejou Lucca.

Não é incomum homens de classe média ou alta oferecerem carona a jovens mulheres pobres após os bailes, com interesse amoroso ou sexual. É a desigualdade econômica em fim de festa. Ao voltarem a pé para casa, elas seguram os seus saltos nas mãos para aliviar os pés doloridos, enquanto eles emparelham os seus carros. É a carona trocada pela expectativa de algo a mais.

Lucca viu Lígia duas quadras acima ao retornar ao Bar da Promoção. Ela caminhava sozinha, sem salto alto. Cada vez mais interessado, ele emparelhou o seu carro na avenida de três pistas e diminuto canteiro central, onde ela caminhava segura.

Eu disse segura?

Esgueirando-se de estupros, fugindo de assaltos, relevando assédios... É o ser mulher. Se há privilégio masculino, ele é pleno nas liberdades, de circulação e sexual. Homem desafia o ermo, mulher escolhe a claridade aguda. Homem toma Uber de madrugada, mulher ainda segue mulher. Ela andava apressada o mais rápido possível nos três quilômetros até a sua casa, e se não precisasse economizar, chamaria um 99. Mas, da diária de oitenta, vinte reais a menos pesava.

Ele baixou o vidro, mencionou o show de lambadão e ofereceu carona, mas ela recusou. A dança era outra, então. Ela apressou ainda mais os passos, preocupada. O que mais ela faria sozinha na madrugada?

— Ali em cima! A câmera nos filma. Não te farei mal — falou ele, apontando a câmera de vigilância da avenida.

— Volto sozinha todo dia — disse ela.

— Volta mais rápido comigo — falou ele, um tipo bonitão tratado com Activia Zero, filé-mignon e calça justinha da Forum que realçava os seus pernões.

Vaidoso, tinha no cabelo um arquinho preto e usava um relógio analógico verde com ponteiros cromados. Falava sozinho e insistia na repentina admiração pela dança. Foi um quilômetro de toada mansa assim (e eu me pergunto se a prosa mansa do assédio depende do desfecho; em autocrítica, respondo não).

A louvação ao ritmo durou mais oitocentos metros, quando ela abandonou o canteiro central e atravessou as pistas ao deixar a avenida, já próxima a sua casa. Eles se aproximariam inevitavelmente na rua vicinal:

— Você não desiste, né? — falou ela, encostada na janela do motorista para o advertir com um tubinho de spray de pimenta.

Nunca houve tanto contentamento dele.

Quando ela entrou no carro, ele falou:

— Queria ter dançando contigo. Mas, rápido demais, desisti.

— Questão de costume — cortou ela.

— Marionete, você dançando.

* * *

Capturas das telas dos celulares de Lígia e Lucca demonstram o turbilhão emocional das semanas seguintes.

Havia meiguice nos diálogos:
— Já te disse hoje que você é linda?
— Que doce o meu namorado.
— Mais linda no casam... — empolgou-se ele.
— Seu nome para sempre em mim — filosofou ela.

Não é só na política. A paixão também reverbera planos infalíveis no WhatsApp:
— Quero duas mulheres — provocou ele.
— Tá maluco? — indignou-se ela.
— Você me beija, eu mimo a filhinha.
— *kkkkkk*. Dois homens na minha vida, então.

Um certo desespero apaixonado não faltaria em emoção tão atordoante:

— Quero te agradecer
pelo frio na barriga
pelo coraçãozinho acelerado
pelo mundo.
Me larga nunca, não
ou morro.
Não vivo sem você — *textou* ele.

E esperança:
— Se estou triste
receber uma mensagem sua
contemplar a sua foto
sentir o seu cheiro
vira outro dia — poetizou ela.
Que fofinhos!

Falta ar no apaixonamento, que com agradáveis pensamentos intrusivos inverte a lógica. Há sonho acordado e sono suspirado. Idealizado o ilustre desconhecido, o apaixonado enxerga a sua aura imaculada. Ele vive simultaneamente intempéries sentimentais extremas, como se sentisse calor e frio ao mesmo tempo.

Os detalhes se destacam no ideal projetado. A cor dos olhos é a mais bela, e os lábios são os mais gostosos. O beijo? É sem igual, o único a importar.

* * *

Lucca deitou no colo dela, elegantemente sentada na grama em um fim de tarde no parque. Era o trigésimo sexto dia.

E como os apaixonados amam conversar sobre o início do relacionamento, certamente para se assegurarem da correspondência amorosa, ela brincou:

— Quando nos conhecemos, você só falava em contêiner! Quase desisti de você.

A rotina deles era bem diferente. Normalmente ele caminhava pela manhã à faculdade, onde cursava o sétimo semestre. Trabalhava à tarde na empresa familiar de contêineres, prometida a ele um dia. Food Park, hospital e prédio com apartamentos residenciais... Tem nave espacial de contêiner? Lado a lado ou umas sobre as outras, as peças agrupadas recebem revestimento, reboque e piso, e o banheiro conta com banheira e louça. O negócio familiar progredira.

— Queria te impressionar com os contêineres, mas ainda me impressiono com você se matando para ganhar uma merreca — falou ele.

É que Lígia também suava em uma churrascaria no almoço, onde recebia um salário mínimo de terça a domingo. Somado às quatro diárias no Bar da Promoção, era menos que a escola integral do irmão dele. Ela não estudava.

Os pais moravam em uma área alagada por uma usina hidrelétrica, até serem deslocados. Eram ribeirinhos. Indenizados doze anos depois, os Almeida Silva se tornaram ambulantes de café e bolo na capital. O progresso escolhe os seus, e, obviamente, não era Lígia, não eram os seus pais, não eram os ribeirinhos.

— E o seu medo de dormir lá em casa? — recordou ela, que direcionou Lucca até a sua casa na primeira noite.

Como ele desconhecia o bairro de sem-teto, surgido quarenta anos antes, Lígia apontava: vire aqui, agora ali, à direita. Ele receou dirigir entre ruas estreitas e casas coladas; só se acalmou quando identificou o seu edifício ao fundo, em indistinguíveis azulejos amarelos e vidros vermelhos.

Na geografia da segurança, quão perto eles estavam, quão longe era a arquitetura de seus bairros? Descampava um solitário campinho de futebol, cambaleante e pálido na pracinha bruta dela. Não contava um trepa-trepa antigo. De ferro, a cor original vermelha estava completamente descascada. Era bem diferente da praça dele, com dois espaços pet para cães e três balanços para crianças. Havia também bancos franceses, e um chafariz para as crianças.

— Não era medo — reagiu ele, receando transparecer fraqueza.

De tudo quanto parecesse, de tudo quanto existisse, de tudo quanto fosse. De tudo que gostaríamos de parecer, existir ou ser. Nos devaneios mais íntimos guardados em recôncavos escondidos, Lígia sustentava Lígia. Na finalíssima, com consciência e memória: percebendo, considerando, decidindo. Não se esconde de si embora se disfarce ao outro. Somos nossos próprios carcereiros em elucubrações, atos e pecados:

— Sinto medo do meu irmão também — reconheceu ela.

Deitado no sofá naquela primeira noite, Renan, o irmão de Lígia, conversava com a luz branca da sala, um ser alienígena para ele. Lucca quis fugir assustado, levando Lígia junto.

— Não posso, meu irmão só tem a mim. Ele é a melhor pessoa do mundo, são — respondeu ela na ocasião.

Eles retomaram o chamego daquela tarde após a lembrança ruim, quando Lucca indagou onde ela aprendera a dançar tão sensualmente. Ela respondeu com mais beijos na linguagem universal do apaixonamento, e após uma pequena pausa, falou ofegante:

— Talento natural de marionete.

***

A paixão é uma ilusão de amor?

Os corações se complementavam, e Lígia e Lucca se viam diariamente. Eles desconheciam a ausência, prometendo-se cada qual tatuar o rosto do outro (eita, são os Romeus e Julietas contemporâneos!). Mas, em um minuto eterno, a saudade avassaladora apareceu no dia cinquenta e nove, o primeiro em que não se viram. Suas existências incompletas estavam aflitas:

— Que saudade, meu amor — escreveu ele.

— Estou pensando em você
Pena estarmos distantes — *textou* ela.

— Você me faz tão feliz

Te quero para sempre
Vida

Lígia foi a sua primeira taquicardia, o seu primeiro beijo e a sua primeira transa. Antes, traumáticos encontros adolescentes impulsionaram Lucca ao celibato. Temia ouvir nãos, mesmo querendo se declarar às garotas, e com treze para catorze anos, o avestruzinho corria das meninas com a cabeça no chão. Sentia-se rejeitado, daí prometeu-se intimidades apenas ao casar. Até lá, seria celibatário sem chamado espiritual, com o coração consagrado em oração e escuta na suficiência perfeita de Jesus.

Quando conheceu Lígia, ele namorava a também celibatária Aninha, sua amiga desde o culto infantil. Eles queriam esperar.

— Aliança de corações inteiros, castos — declararam-se eles no dia do noivado.

Os adiados nãos só protelaram o desejo, sempre presente?

Do relacionamento comportado com Aninha à hipnose Lígia, os dois completamente desnudos na cama dela, beijando cada pedacinho do outro sem pudor. O júbilo à carne misturava culpa aborrecida e exultante arrebatamento, bem diferente da mansidão Aninha.

Lígia e Lucca terminaram o dia de exílio comprometidos com o improvável:

— Sinto que vou
sonhar contigo
a noite inteira — despediu-se ele em um vídeo antes de dormir.

— Sabe que eu também?

Platonismo, idealismo, irrealidade... Adjetive-se como quiser. Torcendo por elas, as promessas apaixonadas são engraçadinhas.

E desassossegadas:

— Estou te procurando — falou ele na noite seguinte, o segundo dia de degredo apaixonado, após ligar para ela dezessete vezes.

— Está bombando aqui; a gente se fala depois.
— É que... — implorou ele.
— Agora não dá. Beijo — desligou ela, pronta para servir outra mesa.

A paixão sufoca a individualidade e faz depender. Um apaixonado existe pelo e para o outro. Ela desconhece o impossível, e quando apresentada a ele, ignora-o. Mas, quando o impossível se impõe, ela o desafia. É como viajar entre o céu e o inferno em segundos.

* * *

Maminha, fraldinha, picanha... Há distintas qualidades de linguiças também. O bufê é sortido com seis variedades de queijo e quinze de salada, e a bebida é à parte. Abacaxi assado é a sobremesa. Podendo-se tudo, e tudo ao mesmo tempo, rodízio de carnes é orgasmo gastronômico!

Lucca foi à churrascaria de Lígia no terceiro mês. Era um sábado, e o local estava lotado. Ele a via completamente, sentado sozinho em uma mesa virada para dentro, escolhida de propósito para observá-la. Notando-o, ela recepcionou a grata surpresa com uma piscadinha, que o arrepiou inteirinho.

Ela servia mesas como garçonete, e como Lígia falava alto naturalmente. Estremecia clientes quando perguntava *maminha ou fraldinha*? Lucca só ria: ela era uma gracinha. Ao apaixonado tudo orna.

Paixão também é poder. Quando o Buda Sidarta Gautama nasceu, profetizou-se que ele seria um grande rei ou um grande sacerdote. O seu pai, o rei Suddhodana, desejava um caminho real ao príncipe, e o protegeu do (conhecimento sobre o) sofrimento humano. Sem contato com pobres, idosos e doentes, xô, aflições.

Buda deixou o palácio aos vinte e nove anos. Observou um idoso, um moribundo, um defunto e um religioso pela primeira vez. Apresentado ao sofrimento, ele se entristeceu. Chocou-se, melhor. A angústia humana também era sua. Renunciou ao trono daí, obstinado a amenizar o sofrimento e buscar caminhos sublimes. Que poderosa paixão!

Mas a iluminação de Lucca era outra. A sua alma se empoderava em Lígia, a quem via consagradamente, como um ser purificado, incapaz de qualquer mal. Ela era a menina batalhadora, que carecia de salvação. Já Lígia o percebia devotado a ela, imune à traição. Literalmente, ela via o amado em todo rapaz com corte de cabelo *pompadour*, e até na borra de café matinal.

Paixão faz desconhecer. E reconhecer.

Ela se aproxima do favorito com voz grave. Abre alas com o espeto preferido dele (e de quase todos):

— Picanha especial para o meu lindão — derreteu-se ela.

— Menos pela carne. Quero tudo de você — devolveu ele, que até malhara o tronco superior com uma carga extra naquela manhã. O seu peitoral impressionava, eram os truques do coração!

Lígia corre para a mesa ao lado, quando um cliente quebra um prato. Ela varre apressadamente com os pés os cacos para debaixo da mesa, segurando dois espetos. Não há tempo a perder. Lucca acompanha a sua beleza mascarada na malha preta de uma calça e blusa folgadas.

Eu é que sei, confidencia-se ele.

Ele é quem sabe?

Nunca agradeci a impossibilidade humana de ler pensamentos. O que seria de nós? Súdito versus tirano, empregado ante patrão, filho e pai... Posso ouvir ecoar o ressentimento da traída, a amargura do abandonado, a tormenta da invejosa. Seria trágico e curioso.

Associo o autoritarismo tirânico, vestido em bem alinhados *dashikis*, *thobes* ou ternos finos ao medo de revelar quem se é. Imagine um ditador em sua limusine oficial, com todos lendo os seus pensamentos, que reverberam a insegurança tirânica:

Para que tanto poder se essa desgraça de motorista lê o meu pensamento? Ele já sabe que matei inimigos políticos e crianças, conhece o meu rastro de sangue até aqui. Pare de pensar, ele está ouvindo tudo! Terei que matá-lo. Ai, ai, os seguranças também me ouvem. Terei que matá-los também. Quem fará a minha segurança daí? Pare de pensar, idiota, eles ouvem tudo! Quanto mais quero parar, mais penso. Este povo todo da rua também me lê. Caras fechadas, está ficando ruim. Todo mundo está estranho.

À exceção do fim da tirania, haveria caos. Existiria humanidade com o marido conhecendo os desejos encobertos da esposa, e ela conhecendo os pecados ocultos dele?

Lucca desejava desvendar Lígia, para saber diariamente o tamanho do amor dela. Sem tal poder, ele a leria por sinais, interpretados na insegurança dele.

A saga de Lígia continua.

Uma criancinha chora mais à frente. Lígia, passando perto, hipnotiza a pequena com uma caretinha. Lucca ri orgulhoso. Um homem ergue os braços e reclama ao ver a cena:

Quero picanha agora!, quer dizer ele, agindo como um cliente de churrascaria. Ela corre e lhe serve uma fatia suculenta, sem arrefecer, e Lucca sente a flechada da indelicadeza no próprio peito.

Que mulher!. A altivez cativa.

Mas, quando um cliente bonitão sorri para ela, e ela devolve a simpatia exibindo os belos dentes naturais, Lucca se abespinha. Teria ela desejo escondido? Estaria ele em risco de amar? Autocensurando-se por um momento, ele volta a se questionar no momento seguinte: ela trabalha ou faz contatinhos?

Ao retornar à mesa do bonitão, ela traz a máquina de cartão em uma mão e a conta na outra, mas Lucca só enxerga exagerada simpatia naqueles sorrisos. A insegurança piora quando o galã topetudo blefa. Olhando o prato vazio, olhando Lígia, ele se insinua, elogioso:

— Que delícia!

— Gostou? Volte mais! — responde ela.

O coração desconfiado vê flerte, e Lucca se pergunta: na minha frente? Nem espuma de tênis de maratonista amaciaria o seu coração depois, incomodado com cada movimento gracioso dela. Seus pensamentos em duelo mental guerreavam. *Ela precisa sorrir tanto? Ela precisa sorrir tão belamente?*

Quase no fim do rodízio, ela se reaproximou dele, risonha:
— Gostou, meu amor? — perguntou ela.
Mas Lucca atacou, abalado:
— Cheia de papo, você!
Ele deixou a churrascaria sem se despedir, turvo.

* * *

A insegurança queima o coração apaixonado, e o desassossego se eleva. Ela injeta dor aos pouquinhos, segundo a segundo. Lucca quis desaparecer sentindo comiseração de si. Mas ele sem ela? E o seu jeito maravilhoso? E os seus beijos? Ele não a deixaria, mas, desconfiado, tornou-se um melodramático pegajoso:

— Nem parece que me quer
Gosta de mim?
Gosta da boca para fora — enviou uma mensagem uma noite.

— Como quer que eu acredite
Que você me ama? — prosseguiu.

Foi no dia oitenta e três que a chantagem emocional se incorporou definitivamente à relação. Particularidade inofensiva, que repetida forma um mau hábito, eu me pergunto se o ébrio em sarjeta subestimou o álcool, se o insone minimizou a noite perdida assistindo aos *Sopranos*. A insegurança de Lucca se vulgarizou ao naturalizar nocividades, e *eu te amo* virou *você não gosta de mim!?*
Extremadas, as trocas apaixonadas sufocam.

— Cadê você?
Faço tudo
recebo nada.

— Você não responde
Quem te ama.

— Olhe o que você me
faz fazer
implorar o seu amor!

A poesia virara bullying e derretia o encantamento. Textão ultima a paixão.

Sempre atrasada em sete minutos para responder-lhe, ela recorreu a Jesus Cristo, que viveu outra paixão. Ele se doou para a salvação humana, sem qualquer excitação amorosa. Angustiada com as mensagens grudentas, ela abriu os braços em cruz uma noite, olhou para o céu e suspirou:

— De novo, Jesus.

* * *

Alegre quando perto, triste quando longe, desconsolada espera aflitiva, estresse em anormalidade desejada, o consumo do outro num átimo, repetidamente, mais e mais. É a paixão, que na semana quinze, perturbou como nunca antes.

— Vocês eram casados? — perguntou Lucca.
— Morávamos juntos. Era como se fosse — explicou ela.
— Vocês se amavam?
— Isso não importa mais.
— Você é uma besta, sabia?

Até conhecer Lucca, Lígia amou Ivanilton, um sujeito dúbio. Ele era casado com padre, aliança e coroinha quando eles começaram o namoro. Tinha três filhos pequenos, um de sete anos e gêmeos de quatro. Ele a enganou deliberadamente ao se apresentar como solteiro, e ela só conheceu a verdade ao engravidar, quando a esposa apareceu em pleno almoço de domingo na churrascaria, berrando descontroladamente: cadê a vagabunda? Cadê a vagabunda?

— Como pôde me enganar? — ela questionou Ivanilton.
— Amo vocês duas. Não sabia o que fazer — respondeu o canalha.

Depois, foi expulsa grávida de casa pelos pais, tradicionalistas. Sem perdoar Ivanilton, ela acelerou o seu desgostar amargurado com um aborto espontâneo.

— Até grávida desse cara você ficou? — enraiveceu-se Lucca, que bateu a porta do quarto.

Sentindo-se menos especial, Lucca enumerava mentalmente os defeitos dela: dança vulgarmente, não fez faculdade e rodada. A indiferença misturada à agressividade foi o passo seguinte. Ela oferecia a omelete — o seu carinho matinal —, mas ele recusava. Ela insistia. Ele refugava: nunca mais vou querer. Foi assim uma, duas, dez vezes.

Até o pretérito propósito celibatário reapareceu, estampado em letreiros luminosos no ego ferido dele. A traição a Aninha também o incomodou, só agora. Ele queria desaparecer, mas, como não conseguia, a maltratava.

Lígia quis beijá-lo uma noite, mas ele desviou, cheio de rancor. Cansada, ela quis se livrar do rancor sofrido dele e se desapaixonar. Aí, foi ela quem recordou, paradoxalmente, ao som de *Kiss and Say Goodbye*. A coreografia da música com The Manhattans é a melhor expressão da força com delicadeza. Era noite de lambadão no Bar da Promoção, dois dias antes. Ela ignorou o galanteio ao servir uma cerveja a um boa-pinta sorridente, tudo conforme o manual Lucca, página trinta e sete. Mas ele espumou, mesmo sem um sorriso dela.

— Eu? Tenho culpa agora? — defendeu-se ela ao notar a face descontente dele.

Como o amor compreende, enquanto a paixão coisifica o outro, Lucca a fulminou com o olhar:

— Tchau, piranha.

Depois, deu-lhe as costas. Era a melhor expressão da força sem delicadeza.

***

Não há paixão sem músicas. Gatilhos de memórias, elas embalam lembranças.

Vinte anos depois, a rádio do carro toca a velha canção e ressuscita a emoção daquele tempo. Há um sorriso disfarçado em um instantezinho, sem o presente amor perceber. Como se ao vivo e a cores, parece que foi logo atrás, no último ano, na semana passada, ontem mesmo.

Houve músicas para uma completa trilha sonora cinematográfica nos cento e trinta e nove dias entre Lígia e Lucca. Inspirando tantas histórias de amor, *meu iaiá, meu ioiô* foi o refrão deles, afinal eles foram o raio, a estrela e o luar um do outro. Mas outra foi a música do fim.

Narciso era um jovem belíssimo na mitologia, que se contemplou em um lago certa vez. Ele desconhecia ser a própria imagem refletida. Quando tentou tocá-la, morreu afogado. Diferente de Narciso, a paixão nunca é sobre si apenas: há o outro com as suas questões, há até o aleatório influenciando o amor. Queria poder explicar algumas pessoas nos apaixonarem e outras, não. A razão para escolher A, tão diferente, e não B, tão similar. Queria desvendar a emoção mais calorosa da vida que surge com um sorriso, um gesto, um cheiro... Só sei que a paixão muda a psique instantaneamente, criando um apego imediato.

Sei também que o fundamental é aproveitar o tempo sem *desimportâncias*. Desimportante é tudo, exceto o outro apaixonado. Claro, é preciso correr riscos também, riscos do tipo tudo ou nada, em velocidade salta coração, que conquista pódio ou causa capotamento. Inseparável de quem se tornará, a paixão excita autenticamente a vida.

E quanto à *despaixão*? É outro mistério, explicado por palavras tão genéricas quanto insensíveis, como *seja feliz, desgaste e acabou*.

Lígia estava cansada do aprisionamento infeliz e queria partir sem magoá-lo. Desejava poupar o sofrimento de quem sempre teria um lugar em seu coração. Mas como?

A noite, com velas aromáticas e globo de luz, esquentou uma última vez. O beijo começara protocolar, mas de repente tocou *I Just Don't Know What to Do With Myself*, um clássico do *pole dance*. Ela coreografou a canção sensualmente, já que a música altera estados emocionais e ela se alegrou. O hino despertou o desejo neles, mas o que é um instante feliz perto da infelicidade estabelecida? Quase no fim da elegia, ela se lembrou que a dor é inevitavelmente parte do fim.

Ele também facilitou. Beijando-a, perguntou: Por que você ama tanto esta canção? Impressiono-me ainda com a dádiva do silêncio desprezada pelos amantes, especialmente os jovens. Era hora da catarse, que apareceu sob a forma de uma mentira:

— Fiz para todo namorado, eles amam — falou ela provocativamente.

O orgulho ferido dele bateu a porta desembestado para não voltar! Como se bandeirolas coloridas gritassem *sem tensão é sem graça*, o dia era triste sem Lígia. Lucca era incompleto.

* * *

Eles sofreram, sofreram muito.

Recompostos em algum tempo, sucederam-se primaveras de apaixonamento, despaixão e dor. Era a busca de si pelo encontro de outros:

— Nosso casamento será em três semanas. Por que isso agora? — perguntou Aninha.

— Não te amo — justificou Lucca, após revelar a traição.

— Adorei te conhecer. Poderíamos nos rever — sugeriu Lígia a Zezé, o seu novo ficante seis meses após o fim.

— Quando você quiser, linda — reagiu ele.

— Quanto antes melhor.

Sentimentos efêmeros, relacionamentos passageiros?

— Já? — reagiu Vivi.

— Estou apaixonado — respondeu Lucca, que queria namorar a nova parceira após Aninha.

— Foi só curtição. Não quero mais — *textou* Zezé.

— Então é assim, rapaz? — exaltou-se Lígia.

— Converse com a minha foto de perfil. Fui!

Dois anos depois...

Lígia amou Valdo no início do ano e Henrique no final, enquanto Lucca esquecera Vivi após um *não deu liga dela*. Na curtição de uma noite e meia, a lista de parceiros alcançou quase todo o alfabeto:

Preciso conhecer essas minas!, pensava Lucca, curtindo fotos em massa de belas garotas no Instagram.

Quero esse cara!, pensava Lígia, adicionando novos prováveis parceiros no Tinder.

Do flerte descompromissado ao primeiro encontro houve carinhos periódicos em diferentes abris. Mas, ao mesmo tempo, a busca queria terminar.

No quinto ano, Lucca conheceu Jocelma; e Lígia, Neto. Eles engataram namoros avassaladoramente apaixonados. Planejavam casamento e filhos. Mas nem Jocelma, nem Neto estavam satisfeitos com as suas parcerias, desejavam outros finais.

Se não quer casar, não me ama, pensou Lígia sobre Neto.

Ela prefere me perder?, indagou Lucca sobre Jocelma.

Lígia e Lucca sofrem, brigam e apelam, e como a frustração desapaixona, há mais sofrimento, brigas e apelações. Eles terminam finalmente as suas relações, como se arrancassem o coração sem anestesia. Aflitos, se desesperam. A paixão em falta faz falta, mas eles escolhem sofrer sozinhos.

* * *

Sete anos se passam.

Lucca lia *A Paixão Segundo G.H.*, sentado embaixo de uma árvore de sua pracinha em um domingo, quando um casal de araras-azuis cortou o alto da cena com o sol ao fundo e gêmeos adolescentes imitaram o taramelar. Duas mulheres se beijaram; o pai balançou a filha que esperneava. Uma criança à frente, a mãe esperneou atrás, seguida da avó. Cortejaram-se uma mulher e dois homens, enquanto o pai orgulhoso observou o filho mamando.

Os ruídos do instante não o atrapalham. Concentrado, ele considera o livro enigmático e difícil, mas insiste. Deseja refletir os seus amores. Ainda religioso, resolvera-se com o celibato, e também com Aninha, casada com um amigo comum. Eles ainda frequentavam o mesmo templo. Mas algo em seu coração ainda o perturbava. Ele ainda se lembrava diariamente de um segredo, nunca revelado. Quem não tem um, bem guardadinho?

No final da página 75, da edição de 1988 da obra de Clarice Lispector, ele leu que a barata era um escaravelho, que sem rir tinha a ferocidade de um guerreiro. Identificado, analisou o seu ciúme após tantos anos, tornara-se um guerreiro menos feroz. Prestes a virar a página, o seu olhar abaixado foi atraído por uma força superior, que caminhava. Os passos envolventes eram familiares, o molejo também. Olhando-a, o segredo apressou a sua voz. Ele não a deixaria passar então:

— Lígia?

Como entendo, como entendo!, pensou ele ao vê-la.

Afastados desde a última música, ela ainda era o seu raio, estrela e luar.

— Eu, e você? Ah, você é você. Tão diferente!
— Mais bonito?
— Muito mais. Cresceu, corpão de homem.
— Você continua a mesma form... — Gaguejou para completar: — É a mesma de oito anos atrás.

Ela também se transformara. Reavaliara o ciúme dele no tempo de todo tempo que pondera. O papo é alegre e solto, e eles planejam um café. Dois barrigudinhos brincando o relembram da vida sonhada com ela. Ele é completo como há muito não fora, e o dia é feliz.

FELICIDADE

Vivia agora o passado em fotografias, lembrando a amizade.

Patrícia, Felipe e Júlia pulavam na primeira foto do desbotado álbum verde de número sessenta e sete. Patrícia, com os braços para cima, saltara com as pernas abertas em jeans amarelo, enquanto Felipe cruzava as pernas e Júlia abria os braços lateralmente. O macacão vermelho de Júlia contrastava com o verde da calça de moletom de Felipe. Eles vibravam coloridamente.

— Top demais essa foto — disse Patrícia.
— Engraçada, com certeza — falou Felipe.
— Vou guardar para a vida toda — emendou Júlia.

Os três amigos de infância se tornaram colegiais inseparáveis. Amiga de todos, Júlia gostava de Felipe, que gostava de Patrícia, que na nossa quadrilha poderia amar, mas não Felipe.

Nós dois namorando? Seria um show de infantilidade, pensava Patrícia.

Ela estava certa.

Patrícia e Felipe atritavam. Sabe-tudo, ela interrompia roda de conversa para opinar sobre a universalidade, a integralidade e a completude de seus pontos de vista. Continuava falando mesmo quando atônitos interlocutores silenciavam constrangidos. Como o Corinthians jamais será o Palmeiras, o ouvinte informava se tratar do alvinegro, mas ela insistia no alviverde.

Desejava provar o seu ponto, fosse a vida fora da Terra, o formato hexagonal do universo ou a sabedoria do presidente de Marte. Reafirmava as suas certezas sem tolerar contestação:

— Este tamanho, esta ideia, esta cor... São os melhores. É errado pensar como você.

O tamanho, a ideia e a cor eram os mosquitinhos habitando a sua mente no instante. Quem dera fossem Huguinho, Luizinho e Zezinho!

Ela despercebia a própria chatura, embora se irritasse facilmente com a chatice alheia, em especial a de Felipe.

— Êêê, Patrícia — dizia ele, sarcasticamente.

Então, ela perguntava, birrenta:

— O que foi?

A manha crescia:

— Êêê, Patrícia, êêê — continuava ele, mais irônico.

— O que foi, hein? O que fiz, Felipe? Não fiz nada!

Soprei ser pirraça, mas ela recusou ouvir. Aborrecida, estranhou o amor amigo uma noite e, após uma nova provocação, olhou para Júlia e falou:

— Vocês deveriam se casar, só você para suportar o insuportável.

Felipe e Júlia se entreolharam. Surpreso, era como se ele encontrasse um tesouro: nunca cogitara namorar Júlia. Foi Patrícia quem provocou então, percebendo-o sem graça:

— Vocês são lindinhos! Felipe e eu nunca nos acertaríamos, Júlia.

Felipe e Júlia foram ao mercadinho da esquina horas mais tarde e se beijaram pela primeira vez ao dividirem um Laka.

Felipe foi estudar fora dois anos depois, e Júlia engravidou. Casaram-se no sexto mês de gravidez. Madrinha do casamento e amiga leal, Patrícia contagiou euforia na festa:

— Discurso, discurso, discurso! — ela puxou o coro.

Em outro momento, tomou o microfone para declarar:

— Como eu amo este casal, faria tudo por vocês.

Júlia, que era filha única, também era órfã. No fim da festa, ela convidou Patrícia para apadrinhar o seu filho. Ela era a amiga mais fiel, a única capaz de sacrificar o próprio interesse sem decepcionar. Patrícia aceitou o convite e prometeu lealdade ilimitada. Não sabia, mas a sua vida mudaria definitivamente.

Apadrinhou o bebezinho no batizado um ano mais tarde e considerou-se a sua segunda mãe. Ela provaria a extensão de sua amizade dois anos mais tarde, quando Júlia e Felipe não sobreviveriam a um acidente de carro.

Patrícia ganhou a guarda do afilhado. Amou aquela criança a cada dia mais. Ele se tornou tudo em sua vida, um filho!

Conheci certa vez um pinscher todo preto, o Jimmy Cliff, e uma angorá inteiramente branca, a Flocona. Moravam na mesma casa e tinham o mesmo dono.

A gata vivia na casa havia sete anos, quando o cão chegou, trazido de uma feira de adoção. Ela era três vezes maior que ele, mas com o seu complexo de superioridade e a sua mania de grandeza, Jimmy Cliff se impôs. Comia a própria ração e evitava que ela comesse a dela, postando-se despoticamente à frente da tigela alheia.

— Rrrr — rosnava ele, com a testa franzida como um Mike Tyson ante um adversário.

— Ronrom — resmungava ela para fugir, como um oponente emparedado nas cordas pelo campeão.

Ele atacava quando se encontravam, e ela se defendia saltando em prateleiras de feltro fixadas na parede. Parecia que nunca se acertariam, tal qual amantes coléricos brigando ao se encontrarem. O dono cogitava devolvê-lo. Tinha que apartar os avanços do pinscher sobre a gata, tinha que alimentá-la. Um trabalhão!

E os latidos? Como aquele homem vivia com todo aquele barulho?

Mas, como uma das prateleiras cedeu entre uma fuga e outra de Flocona, ela caiu e quebrou três costelas. Depois, não conseguia mais se mover, muito menos pular. Foi aí que um outro Jimmy Cliff surgiu: passou a alimentá-la ao levar ração à boca dela e parou de latir. O pinscher destemido revelava o seu outro lado, compassivo e dócil. O cão e a gata se tornaram melhores amigos.

* * *

Carlos exibia abundância em retrato ampliado.

Ele era ator e viveu Hamlet do CPA no teatro, uma paródia do original que foi o seu grande momento na carreira. O personagem credita a determinado desafeto o desaparecimento do pai, e, vingativo, contrata a desforra por meio de Juvenal Derruba Avião, um pistoleiro orgulhoso de suas nove cruzes.

Apresentado ao alvo, o matador pergunta:

— É este?

— Este é o sem-vergonha, ordinário, safado — confirma o filho, ao retomar a foto.

Derruba Avião assusta Hamlet ao puxar uma faca de serra da sacola e a empunhar. Com olhar inquiridor depois, o matador faz malabares com a espada entre os dedos, girando-a. Hamlet só se tranquiliza quando Derruba Avião retira uma laranja da sacola.

— A laranja. Tinha esquecido — fala inocentemente o matador.

— Ah, tá — suspira aliviado Hamlet do CPA.

O sorriso se alargava a cada descascada na laranja.

— Vai ser na bala ou na faca? — indaga cismado o pistoleiro sobre a preferência do serviço.

— Como? — espanta-se nosso herói.

— É mais gostoso na faca.

O filho escolhe *matada a bala* para evitar o próprio sadismo, mas horas antes da realização do serviço ele recebe uma ligação do hospital: o seu pai estava vivo, fora internado após um aneurisma. Impossibilitado de cancelar o serviço — Derruba Avião não utilizava celular por recear interceptações telefônicas —, começa o transtorno do nosso Hamlet para evitar a morte de um inocente.

O desfecho é cômico. O matador atira na vítima no dia, hora e local acordados, mas Hamlet salta na frente. Cai no chão, alvejado, enquanto o pistoleiro foge gargalhando. Antes de desmaiar de susto — a bala atingira o seu braço de raspão —, ele balbucia, atrapalhado:

— O que sei que sei já não sei; e o que não sei sei menos ainda.

Os espectadores lotavam as sessões para assistir ao espetáculo teatral. Porém, desconheciam a própria angústia de Carlos, ele mesmo um Hamlet atormentado pelo insuficiente reconhecimento local. Com gigantescas expectativas, desejava o sucesso nacional com brilho cosmopolita. O seu propósito de vida aos vinte era ser global aos vinte e cinco, e hollywoodiano aos trinta.

As razões para o sucesso o atormentavam. Ator nascido em São Paulo ou em Londres participa mais facilmente de testes para produções audiovisuais. Então, tem mais chance de trilhar uma carreira nacional. Vivendo no sertão, Carlos só tocava a sua aldeia, pequena demais para ele nos costumes e ideias. Mas, se um talentoso ator interiorano dificilmente brilha em âmbito nacional, contatos importantes resolvem. Fulano conhece beltrano, amigo de sicrana, casada com um poderoso. O poderoso é influente cultural, social ou economicamente. Quem apadrinharia Carlos, sem vínculos importantes?

Terei que ir para o *Big Brother* para ser notado?, desesperava-se ele, ante o seu limitado reconhecimento geográfico.

Daí, remoía-se no tempo apressado que se transforma em história:

Sou um fracasso, pensava ao se comparar com os propósitos de vida de Stephen Hawking, Tiradentes ou Audrey Hepburn, esses extraordinários influenciadores de mentes, arrebatadores de almas. Ele desconhecia propósitos simples como alimentar um morador de rua, plantar uma flor ou ler um livro.

E agora, o que faço da vida?, perguntava-se, preso às altas expectativas, que evidentemente desconsideram o incontrolável.

Soprei-lhe repetidamente quando o vi desperdiçado em autoflagelo, intolerante consigo:

— Filho, és generoso com os outros e miserável consigo; o sol continuará nascendo amanhã.

Não adiantou, ele continuou amargo até uma notícia ruim paradoxalmente o libertar. Ele leu numa aurora o resultado de um exame e descobriu uma doença incurável. Sufocado, então, abriu a janela do quarto, observou o céu e apreciou o astro sideral maior pela primeira vez. Notou a sua grandiosidade e gratuidade:

Quanta generosidade, como a vida deve ser!

Como ele já era, sem perceber, abundante com familiares, vizinhos e amigos em seu dia a dia, em sua arte, só ele não vira.

Inundado pela criatividade, repleto de interesses, cheio de fãs, ele não precisava ser como os Hamlets do teatro. Tantas histórias, todas as risadas, quanta emoção em uma vida intensa, era o sucesso que importava.

Na história de Flocona e Jimmy Cliff, eles brincam na praia nos fins de tarde. Correm em círculos: ela à frente com a língua para fora, ele se esgoelando atrás. O dono se diverte, e quem caminha na orla também. Os passantes torcem o pescoço para contemplar a cena de alegria na areia vazia. Eu também me alegro.

O exercício físico fora uma recomendação veterinária para Flocona, que tinha o coração crescido. Meia hora de corrida diária ajudava, embora ela não contasse com a incansável persistência canina; e com a fuça dele no rabo dela, ela acelerava a passada vigorosamente.

Mas, quando se cansava, Flocona interrompia a corrida abruptamente, virava-se e encarava Jimmy Cliff a alguns centímetros de sua face. Ele piscava repetidamente os olhos, parecia surpreso, e crescia a cabeça só para vê-la três vezes maior. Enquanto isso, ela descansava. A euforia recomeçava alguns segundos depois, quando Flocona voltava a correr.

Acompanhei as brincadeiras do cão e da gata por meses. Queria me distrair na abundância de todas as formas de vida.

* * *

Virei a página em segundos na lição de paciência.

Selma e Telma apareciam no retrato com vestidinhos de renda brancos, a peça infantil mais luxuosa da época. Posar para fotos era um evento e tanto nos anos trinta. Selma sorria, enquanto Telma estava carrancuda. Sem visor nas máquinas fotográficas, fotos sorridentes eram eventualidades.

A imagem criou um estereótipo, mais que uma lembrança em um álbum de família:

— Sou engraçada, você não! — zoava Selma na adolescência.

Fotografia é memória que alimenta a narrativa de uma pessoa, que quando a revê reconta a sua vida com novas emoções. Disso vem a nostalgia, ou a história percebida com impressões mais vibrantes que a própria vivência da época. O estereótipo de feliz grudou em Selma, até para si mesma.

Quando casada com Herbert, ela nutriu ainda maiores expectativas sobre a felicidade. Inteligente e bonito, ele era sobrinho de Telma, casada um ano antes com Alberto. Essa informação importa, pois eram os anos quarenta, quando um casamento deveria durar para sempre.

Os anos quarenta despertaram amores com olhares proibidos e quase sem diálogo. Os namoros eram regrados dentro de casa e Herbert desconhecia Selma, que idealizara o marido antes do casamento. Eles mantiveram até o fim o bem-aventurado *até que a morte nos separe*, mas perceberam depressa o quanto eram diferentes. Ela era extrovertida, engraçada e divertida; ele, introvertido, caladão e sério. Ela apreciava a natureza e adorava caçar. Ele amava a novidade televisão e ler. Selma era empolgada em festas, enquanto Herbert ficava na sua:

— Uma mesa ali, vamos sentar — apontava ele, irritado quando ela abraçava os amigos antes. Ela deveria acompanhá-lo, conforme o seu privilégio de esposo. Selma resistiu no início, mas desistiu após dois, dez, vinte bate-bocas. Triste, parou de sorrir. Eu ainda a aconselhei ao pé do ouvido:

— Ria, pelo menos.

Abatimento no encalço, risada minguada.

Da garotinha risonha à esposa amargurada, a felicidade virou uma azeitona. Selma se conformou para sobreviver aos cinquenta e dois anos de casamento, cada vez mais severa. Precisou de muita paciência para manter o seu infeliz bem-sucedido casamento até Herbert morrer em um acidente aéreo.

O compadre Tião enviou uma coroa de flores e carregou o caixão do amigo no velório. Viúvo havia dois anos, ele abraçou Selma. Prometeu-lhe estar sempre ao seu lado como o melhor amigo de Herbert, e agora dela. Ela viveu o luto questionando a sua natureza, terrível então para si, culpada por ter desejado a separação do marido por cinco décadas:

— Pensei tão mal dele, e ele partiu sem um adeusinho. Sou má! — repetia-se ela.

Ela melhorou o humor após quatro meses, consolada por Tião, tornado cúmplice de suas lamentações. Livre do pesar depois, ouviu o seu coração.

A velhinha agradecida retomou o sorriso radiante da garotinha da foto com uma novíssima vida aos setenta e sete. Viveu a felicidade comendo pão com maionese *chipotle* e vendo o pôr do sol diariamente. Junto a Tião.

Gerindo demasiados problemas nos últimos tempos, deixara de ir à praia. Mas, ao sobrevoá-la uma tarde, esperei ver Jimmy Cliff correndo atrás de Flocona, cheia de indulgência com o irmão mais novo. Como a vi sozinha, estranhei. Teria o pinscher voltado a atazaná-la, sendo devolvido ao abrigo de animais? Não pode ser. Latira sem parar noite adentro, cansando o seu dono? Era possível: nunca duvide de um pinscher. Porém, como todos de sua raça, ele era também amoroso e gentil.

Resolvi investigar e descobri. Uma tarde, o dono apenas observava Jimmy Cliff empurrar Flocona para mais longe, quando eles alcançaram uma praia vizinha. O pinscher cansou em algum momento, e deitou-se, com a angorá ao seu lado. De repente, uma mulher má que passava ali viu a oportunidade de furtá-los. Ela queria reproduzir o espetáculo público do cão e da gata na sala de seu apartamento, exclusivamente para si. Pegou daí Flocona com uma mão, e Jimmy Cliff com a outra.

Flocona arranhou a mulher, e rápida como uma gata, pulou de seu colo e saltou três metros. Depois mais três, e logo estava nove metros distante. Conseguiu fugir e voltar ao dono. Porém, Jimmy Cliff, que só sabia latir, foi levado. Foi morar em um apartamento envidraçado em frente ao mar, de onde via Flocona em fins de tarde. A amiga entristecida não corria mais, em solidariedade ao amigo raptado.

* * *

Sobral ria na imagem seguinte.

— Quero roubar o seu bom humor — disse um turista.

Ele se divertia e divertia os turistas, que, alegremente relaxados, eram mais generosos.

— Só faço a minha paixão — falou o guia de turismo.

Dificuldade pulmonar para respirar, filho com nota vermelha, falta de dinheiro... Ele abstraía adversidades para contar histórias alegres no tour, como a de Marta Palito.

Nos anos cinquenta, ela morava sozinha em um casebre isolado, próximo a um batalhão de caçadores do Exército. Desafiou pioneiramente os padrões morais da vila, o que exigia coragem. Era parda de cabelos crespos queimados pelo sol, magra e alta, e com seios delicados, ganhou o apelido de Palito. Ninguém sabia onde tinha nascido.

— Sabem o significado de lacradora? Esqueçam a Internet. Onde vivi, Marta Palito lacrava. Foi a primeira mulher a usar calça comprida por lá — explicou Sobral, após descrever a lavadeira que carregava uma trouxa de roupas na cabeça.

Conte mais aí, Sobral:

— Lavadeira de dia, ela se entregava a soldados em seu barraco de adobe e palha à noite. Era um tal de meu bem pra cá, meu bem pra lá.

Celebridade na pequena cidade à época, lenda urbana hoje, Marta Palito desapareceu um dia. O desfecho da história era oficialmente desconhecido, mas Sobral criara o seu final particular. Segundo ele, o cadete Penha visitou a jovem mulher uma noite, e eles dormiram abraçadinhos, exaustos após uma intensa madrugada. Penha retornou na próxima noite, na seguinte e na depois da seguinte. Alcançara o paraíso em vida com os exclusivos carinhos dela.

Porém, corrigido pelo dever, ele disse adeus após trinta e dois dias:

— Hoje é nossa despedida. Tenho noiva me esperando para casar.

— Odeio despedidas, volte para ela agora! — ordenou a precursora da igualdade feminina, recusando-se a deitar com ele.

Ele não dormiu aquela noite, dividido entre a saudade prazerosa e a obrigação moral. A insônia piorou dias depois ao ouvir um animado colega, amante de Marta em outra noite, relatar o encontro farto. Penha, enciumado, perdeu o seu usual bom humor e pensou: a porcaria não fica sem homem, e só penso nela.

Foi uma semana de peito apertado, quando ele finalmente admitiu não viver mais sem ela.

Mas como? Temia comentários e olhares. E a sua família e noiva, tão apegadas à tradição? A solução era fugir para um lugar desconhecido, abandonando a família, os amigos e o cargo para viver o amor sem cochichos fofoqueiros.

— O amor é lindo! — gargalhava Sobral, que oferecia alegria ao revelar o final feliz da história.

Vivendo os próprios valores, harmonizados a ideias e ações, ele esquecia o tempo.

— Bora, Sobral. Vais perder a hora!, eu lhe cochichava quando ele emendava um causo após o outro, como o do ovo frito no asfalto.

É que ele virava um showman em dias ensolarados na última parada do tour, com uma fritadeira em uma mão e um ovo na outra. Primeiro, sacava um termômetro digital, direcionando-o para baixo: cinquenta graus era a temperatura ideal para a façanha. Depois, aquecia a fritadeira no asfalto por dez minutos. O ovo era então despejado para ser frito instantaneamente, era ovo raiz.

— Mas sem óleo, sou fitness — gracejava Sobral.

Adicionava em seguida a farinha, provava a gororoba e contorcia a boca para dizer teatralmente *faltou sal*. Todos riam. O pitéu ainda curava dor de amor, por razão não revelada por ele aos turistas. A galhofa terminava com Sobral cortejando os famintos turistas:

— Fiquem tranquilos, tem caldo de peixe para vocês.

A troça era diferente em dia chuvoso, já que o experimento furava sem o calor infernal. Ninguém comia ovo frito ali naqueles dias, segundo o aprendiz de Oliver Hardy.

Sobral absorvia a própria história, rindo e fazendo rir. Ele fora anos antes o cadete Sobral Penha, ainda devotamente enamorado por Marta Palito, com quem dividira ovos fritos no asfalto.

Era desesperador para Jimmy Cliff ver o mundo preso, enquanto Flocona estava lá embaixo na praia. Ele tentava gesticular, mas como as suas patinhas seriam notadas no trigésimo terceiro andar? Não seriam. Além disso, o vidro fumê bem escuro do apartamento impedia Flocona de vê-lo. Ele ainda tentou gritar, como um pinscher que era, e Jimmy gritava com toda a sua força pelas quatro e meia da tarde. Até evitou latir por cinco dias para acumular energia, mas notou que o seu latido não ficava cinco vezes mais alto. Ninguém lá embaixo o notou!

A ração ali até que era boa, e os petiscos também, mas como ser feliz sem correr atrás de Flocona na areia da praia?

Se ela consegue, eu também consigo, pensou ele uma tarde, inundado de autoestima pinscher. Tenho que esperar o melhor momento, concluiu.

O melhor momento chegou num fim de tarde, quando Flocona estava na praia. Jimmy Cliff simulou estar doente — bastou uma carinha tristinha para convencer a mulher má. Ele forçou um vômito também. A mulher má se preocupou e decidiu levá-lo imediatamente ao veterinário, colocando-o no banco da frente do carro com a janela aberta. Com a mulher má distraída, o seu plano era pular da janela como um gato, inspirado em Flocona.

Um, dois, três e...? Ele pulou mas ficou cravado na janela, com metade do corpo para fora e metade do corpo para dentro do carro. Até que forçou a cabeça para baixo e caiu no meio da rua. Foi uma bela atrapalhada que deu certo. Aquele pinscher tinha alma de gato?!

Ele correu depois em direção a Flocona, entrando embaixo de mesas, pulando cadeiras e saltando da orla à areia. A mulher má vinha em seu encalço, até que o dono percebeu a criaturinha valente ali, e a mulher má desistiu.

Jimmy Cliff e Flocona celebravam o reencontro com lambidas caninas e piscadas felinas, quando ele se lembrou dos velhos tempos. Sem titubear, ele olhou fixamente para Flocona como para relembrá-la. Imediatamente daí, começou a correr loucamente atrás dela.

* * *

Na última foto, sons repercutem toda forma de vida.

Ele descamava em óculos amarelos, vermelhos e azuis, em cabelos platinados ou em erguido topete, com chapéu-panamá, redondo ou retrô, e em blazers fluorescentes amarelos, azuis ou laranja. Era um camaleão.

Jitterbug, Jitterbug.

Começa outro clipe e Jorge está parado em pé com calça comprida, camiseta e tênis brancos. Os olhos fechados contrastam com os estalos dos dedos das mãos, a cabeça está abaixada, e o tronco, inclinado. O escuro realça as luzes do palco sobre ele, e a concentração precede a explosão no palco maior.

— Visto a intensidade! — comunica ele em vapt-vupt.

Depois, ergue as duas pernas e salta para alcançar um palco menor. As pessoas batem palmas sincronizadamente aos seus pés, e ele retribui irradiando mais energia como um sol brilhante. É o fim dos céus cinzentos. Ele é uma chama que muda o ritmo dos batimentos cardíacos, celebrando o amor como o auge da vida.

Pocotó, outro galope, ele corre. Agora, a sua camiseta comprida e rosa destoa do short metade azul, metade branco. O tênis ainda é um All Star, mas de cor cinza. Luvinhas amarelas de lã enfeitam as suas mãos, em contraste com os dedos aparentes.

Quero voar!, canta ele.

Ele não segue só, uma multidão o acompanha, e nada nem ninguém o detém:

— Menos rápido — digo-lhe baixinho.

Após um rodopio maroto, ele sorri:

— Não consigo. O amor faz *bang, bang, bang*.

Eu logo assopraria outra frase de autoajuda barata, quando ele voltou a cantar e a dançar eufórico, atraindo todo ser vivo.

No mesmo ritmo da performance, ele se entusiasmava com animais e árvores e gente: era *Splash* com sucessivas reticências. Mergulhado também no social, protegia as plantas e os bichos marítimos, terrestres, aquáticos, e, se existissem, espaciais. Era a sua forma de exorcizar os dias de carência.

Sem espanto para *epa!*, ele também defendeu opiniões. Quando o presidente dos Estados Unidos cogitou suspender a inabalável democracia norte-americana, ele protestou em Washington. Mobilizou uma multidão no Facebook quando os países do G-7 relutavam em financiar a nova economia de créditos de carbono, e quando os indígenas foram expulsos de terras latinas, foi solidário. Contra os microplásticos oceânicos, construiu um navio de reciclagem, e salvou imigrantes em naufrágios no Mediterrâneo.

Toda essa compaixão se traduziu em canções melancólicas, escritas quase sempre antes de dormir. Como parecia inesgotável a sua vivacidade, ele rejeitava o cansaço. *He! He! He! Eh!* contra o abatimento, era o seu melhor som de vida.

A diversão na praia entre cão e gata continuou até Flocona não conseguir correr uma tarde. É que o seu coração crescera um pouco mais. Isso coincidiu com a chegada de outro pet à casa. Agora, não era mais um cão perseguindo uma gata, mas George Michael, o novo felino, acossando Jimmy Cliff na praia. Ele tentou resistir, durão como todo pinscher, mas acabou cedendo. A condescendência se tornara canina.
Flocona então só olhava saudosa a brincadeira, como para recordar os seus dias de glória. Quando fora jovem, ela achava que correria para sempre, até que a vida a parou. Agora, a sua energia vital se dissipava, e rareou um pouco mais quando ela ficou cega. Jimmy foi parceiro, voltando a servir uma porção de ração em sua boca, e latindo implacavelmente ao dono quando ela fazia as suas fezes. Não sei se o idioma era o canino ou o felino, mas sei que eles se entendiam.
Um dia, Flocona parou de comer, estava muito cansada. Jimmy se deitou ao seu lado para que ela não se sentisse só. Recostando a sua cabeça no dorso dele, ela sentiu então as batidas do coração amigo — aceleradas como quando brincavam na praia. Depois, ela sorriu levemente e suspirou. Foram três longos suspiros. Era como se lhe dissesse: cãozinho valente, você foi a minha família, valeu a pena cada emoção! Obrigada pela parceria!

* * *

Um anjo ainda não tinha aparecido na história.
Existe, logo és amado foi a minha frase antes da aposentadoria, após anos escutando devotamente os chamados. Sem concordar ou discordar, sem interrupções, simplesmente ouvindo para o falante se ouvir e desassombrar a mente. Se comporta diversas definições, em nenhuma a felicidade contém o desespero, que extremado antecipa estadas por aqui. Por isso, eu aconselhava corações diretamente ou em sonhos: ofereçam o melhor ao mundo.

Como a aposentadoria de anjo é parcial, virei supervisor de novos anjos após cinco mil anos. Eles me chamavam a todo momento por WhatsApp: Gael, Gael. Eu deveria sanar as suas dúvidas e aconselhá-los.

Porém, tranquilizem-se, vocês: o desalento humano jamais será angelical!

Eu aguardava o seminário *Encorajar a Felicidade, a finalidade precípua do ofício angelical*, pois também era coordenador do Centro de Formação de Anjos. Como seria diferente se a felicidade é a prioridade de diferentes sociedades? Como seria diferente se os anjos existem para auxiliar os humanos?

Embora ainda se procure o DNA — alguns humanos são naturalmente mais felizes que outros —, desejar a felicidade é da natureza humana, que privilegia os prazeres aos sofrimentos, as emoções positivas às negativas. Há sociabilização e cooperação, relacionamentos e interesses quando está presente a felicidade, e ao gerar uma onda positiva, ela incentiva a vida satisfeita, que tolera mais.

Devo terminar logo o PowerPoint, pensei já que a apresentação ao novo grupo angelical seria em instantes. Faltavam ainda alguns slides.

Criados por fogo divino, anjos não têm corpo. Nem homens, nem deuses, são simplesmente seres celestiais que intermedeiam o divino e o terrestre. Eles apontam caminhos retos para suavizar a imperfeição humana, e como mensageiros da esperança guiam a humanidade para a segurança, o amor e a paz. Conduzem também a alma após a morte, conforme as anotações em uma caderneta de cada passo humano.

Vixe, que medo! Mas não.

Há fé aí. Assim como há ciência na expressão *mais gente, mais anjos*.

É que até o início do século XX, a população mundial nunca alcançara um bilhão de pessoas. Ela se aproxima de oito bilhões agora. Em virtude da sobrecarga de trabalho, novos seres sublimes têm sido recrutados, agora entre humanos. Os anjos do século XXI possuem mais características, limitações e feições humanas, mesmo com atributos celestiais e rigorosamente selecionados. Devem ser mais supervisionados por isso.

Eles são transformados pela graça divina em seres celestiais, mas apenas quando completamente afastados de ambições e egoísmos terrenos. Só aí o mundo ordinário deixa de existir.

Os primeiros dias são arrebatadores ainda no curso de formação. Durante um *coffee break* ali, Sobral se inquietou silenciosamente com o movimento em vermelho, próximo ao chão:

— O que é aquilo? — murmurou caricatamente ele.

Estou vendo ou é alucinação?, perguntou-se Carlos, que mesmo acostumado à imaginação criativa, duvidou.

Outro iniciante se encorajou depois. Em roda, Patrícia arriscou:

— Gnomo?

— Não acredito! — duvidou Selma, apoiada em sua farta experiência.

Ouvindo-os, eu me divertia enquanto escrevia os tempos da felicidade para a apresentação. Ela olha o passado, quando compara as emoções positivas e as negativas: se há satisfação com o vivido, há felicidade; se há insatisfação, há infelicidade. Ela olha o futuro, quando concebe cenários: se o futuro é melhor, há felicidade pela esperança; se o futuro é pior, há infelicidade em razão do abatimento. A felicidade se faz, lembrando positivamente o passado e projetando esperançosamente o futuro.

Anotei então as diferentes percepções sobre a felicidade. O muito ruim vivido pode ser percebido melhor no presente, e o muito ruim vivido por alguém pode não ser muito ruim a outro. É que a percepção pessoal afeta a felicidade. Naturalmente subjetiva, ela varia no tempo, varia entre pessoas. Tais informações deveriam ser repassadas pelos novos anjos aos humanos, pois eram graças divinas.

Patrícia, envergonhada pelo absurdo, não poderia desaparecer. Ainda pensando como uma humana, ela troçou de si ao colocar as mãos no rosto e justificar:

— Loucura, gnomos não existem. Será a emoção de poder voar?

Então, outro iniciante se arriscou mais:

— Sempre quis voar. Só pode ser gnomo — empolgou-se Jorge.

— Olhem, uma fada branca na janela — zoou Sobral, que não vira o gnomo, mas apontava uma garça branca passante.

* * *

Com trajes, sapatos e acessórios brancos, o glitter destaca a cútis suavemente e longos cabelos soltos escondem os ombros. Eis o roteiro para virar anjo? Ao menos na estereotipada aparência gentil. Na essência, é bem diferente.

— Dinheiro? Importou até um ponto. Saúde? Também. Educação, sim, mas menos. Fé pesou mais que religião. Nos filmes das vidas deles, importou mais evitar comparações sociais pessimistas e perseguir objetivos relevantes — disse.

— Falando assim, lembrei de Jimmy Cliff, que só se comparava para cima. Julgou até ser um gato quando saltou da janela para fugir — falou Flocona.

Sim, os pets também existem por aqui e são os nossos auxiliares.

— Que figura o Jimmy! — disse.

— Que saudades daquele carinha! — emocionou-se ela.

— É, a comparação entristece quando diminui: sou pior que o meu irmão, que é mais feliz por ter filhos; fulano é superior, pois ganha mais. Aí, há uma eterna corrida sem bandeira de chegada, que obceca e desanima. Jimmy nunca pensou assim!

— Jimmy aparece um dia por aqui?

— Sim, mas tomara que demore! Ele alegra muito a turma por lá.

— Está pagando os pecados com George Michael. Kkkkk. Aquele pinscher é demais, chega a tropeçar de tanto correr. Que saudades!

Também metas importantes relevam muito, pois satisfazem. Movimentando e animando, um propósito relevante possível é um sonho realizável, que desperta e mantém o brilho da corrida.

— Então, as metas de ele correr mais o mantêm vivo? — perguntou Flocona, referindo-se a Jimmy Cliff.

— Claro, ele persegue uma meta importante e possível. É que a *humanidade* é um músculo, que enfraquece com comparação social destrutiva e propósito impossível ou irrelevante, e cresce com relações sociais significativas e saudáveis — respondi.

— É a cara do Jimmy!

— Os novos anjos devem estimular isso — falei.

— Os humanos querem entender?

Mas como eles chegaram até ali?

Era a primeira hora do dia vinte e cinco de dezembro de 2016, minuto trinta e sete, quando Patrícia, Carlos, Selma, Sobral e Jorge se esvaíram. Cada qual seguiu a própria sina. Apneia, esclerose, velhice, engasgo e cansaço, pouco importa a causa mortis. Prevaleceu o destino angelical deles apesar das diferentes personalidades, e com os seus jeitinhos peculiares os cinco desenvolveram aspectos sublimes ainda em vida, adquirindo os seus bilhetes angelicais.

Cansativa, mas exibindo alteridade, Patrícia se colocava no lugar do outro, especialmente dos amigos desamparados ou tristes. Venceremos era o seu mantra a eles (bem fariam vocês em cultivá-lo durante a existência). Avarento consigo, Carlos reconheceu no fim da vida a abundância de sua arte, reflexiva e divertida, e a grandiosidade de sua existência (fora o seu maior sucesso). Selma aprendera no casamento de meio século a ouvir com atenção verdadeira, aprimorando a paciência (isso não é pouco!), enquanto Sobral cultivara um ânimo divertido, mesmo se capengasse economicamente (a alegria importa). Já Jorge amava intensamente as pessoas, as plantas e os animais, o planeta Terra e toda forma de som (simplesmente assim!).

Eles viveram imperfeita, mas bravamente como na imagem de uma terrível tempestade de neve que derruba uma pessoa em uma encosta. Forma-se rapidamente uma pequena avalanche, que com imensa força destrutiva mantém a pessoa no chão. Não resistirei, acredita ela quando a neve se acumula sobre si. Não resistirei?, pergunta em um segundo pensamento, ao lembrar o último abraço no filho, o último beijo no amante. A pessoa ergue uma perna então, enquanto a tempestade se acentua mais. Ainda dá tempo? A morte parece inevitável, mas ela ergue a segunda perna, mesmo cheia de dúvidas. É possível?, pergunta-se então. Talvez seja, talvez não, mas ela continua.

Simples assim? Não, não.

E se essas nevascas acontecessem várias vezes na vida, a cada cinco anos ou anualmente? E se elas fossem diárias por algum período? Patrícia, Carlos, Selma, Sobral e Jorge ergueram as suas pernas em nevascas para prosseguir em seus caminhos, tormentosos e imprevisíveis como os de todos vocês.

***

O intervalo quase terminava quando Flocona me lembrou da serenidade, da admiração, da esperança, da gratidão e do amor... É que na gigantesca emoção chamada felicidade cabem outras grandes emoções.

— Não podem faltar — disse ela.

— Anotado! — falei.

O *coffee break* terminara. Eles retornaram à sala toda branca, onde cadeiras, tapetes e lustres eram igualmente alvos. *Há felicidade perpétua?* era a pergunta inicial do seminário. Eu sentava na ponta enquanto os cinco iniciantes se acomodavam lateralmente na mesa oval de madeira laqueada em branco.

Pela primeira vez, eles vestiam a bata angelical alva e os cintos laranja, a maior inovação no vestuário angelical desde os polêmicos modelos *slim fit*, criados dois mil anos antes. Antes dos debates — o método socrático prevaleceria após a minha exposição —, o grupo conversava descontraído:

— Demais, melhor que lindo — falou Patrícia, ao comentar a vestimenta.

— Quanta liberdade com estas asas de titânio! — sorriu Jorge.

— E não é que era uma fada mesmo? Estou ainda impressionado com o meu chute. Será que existe Mega-Sena por aqui? — brincou Sobral, tocando a palma da mão direita na testa.

— É... Para quem duvidava de gnomo — curtiu Carlos.

— Tem Mágico de Oz também? — ironizou Selma.

Eu os ouvia alvoroçados de alegria, imaginando a reação dos cinco logo mais, quando um unicórnio violeta apareceria.

A TRILHA SONORA DO LIVRO

Céu azul

Solidão
Solidão — Alceu Valença
Don't Dream It's Over — Crowded House
Beautiful Day — U2
Tears in Heaven — Eric Clapton

Alegria
Falador Passa Mal — Originais do Samba
Quem É do Mar Não Enjoa — Martinho da Vila
Espelho — João Nogueira
Ausência — Marília Mendonça
Me Abraça — Ivete Sangalo

Vergonha
Baby — Justin Bieber
Chiclete com Banana — Jackson do Pandeiro
To Love Somebody — Bee Gees
Todo o Amor que Houver Nessa Vida — Cazuza

Esperança
Dante Sim, Dante Já — Autor desconhecido
Over You — Lane Brody
Ursinho Pimpão — Simony
Coração Pirata — Roupa Nova
Amarelo — Emicida

Acesse a playlist pelo QR code ao lado, ou procure pela playlist "Emoções - a grandeza humana" no Spotify

Sol e lua

Medo
Meu Lugar — Arlindo Cruz
Gostava Tanto de Você — Tim Maia
Rocket Man — Elton John

Raiva
Raiva de Tudo — Bezerra da Silva
Single Ladies — Beyoncé
Sr. Tempo Bom — Thaíde e DJ Hum
Olhos Coloridos — Sandra de Sá
Just the Way You Are — Diana Krall

Paixão
Oh Happy Day — Edwin Hawkins
Ei Amigo, Toque uma Lambada — Chico Gil
Ligia — Tom Jobim
Kiss and Say Goodbye — The Manhattans
Fogo e Paixão — Wando
I Just Don't Know What to Do with Myself — The White Stripes

Felicidade
Felicidade — Fábio Jr.
Wake Me Up Before You Go-Go — Wham!
Halo — Beyoncé
Felicidade — Lupicínio Rodrigues

FONTE Minion Pro
PAPEL Pólen Natural 80 g/m²
IMPRESSÃO Paym